伟大的思想

GREAT IDEAS

THE TAO OF NATURE

道法自然

[春秋] 庄　子　著

王相峰　译

中国出版集团
中译出版社

图书在版编目（C I P）数据

道法自然 / (春秋) 庄子著 ; 王相峰译 . 一 北京 : 中译出版社 , 2019.10（2020.1 重印）
（伟大的思想）
ISBN 978-7-5001-6041-0

Ⅰ . ①道⋯ Ⅱ . ①庄⋯ ②王⋯ Ⅲ . ①道家一人生哲学一文集 Ⅳ . ① B223-53

中国版本图书馆 CIP 数据核字（2019）第 199713 号

（著作权合同登记：图字 01-2019-5421 号）

Penguin Books Ltd, Registered Offices: 80 Strand, London WC2R ORL, England
www.penguin.com
These extracts taken from *The Book of Chuang Tzu* first published by Arkana 1996
This selection published in Penguin Books 2010

道法自然

著　　者：(春秋) 庄子
译　　者：王相峰
总 策 划：张高里
特约编辑：白　姗　赵　轩　　　责任编辑：刘香玲　王　梦
版式设计：索　迪　　　排　　版：志雅文化
印　　刷：北京顶佳世纪印刷有限公司
经　　销：新华书店

出版发行：中译出版社
地　　址：北京市西城区车公庄大街甲 4 号物华大厦六层　100044
电　　话：(010)68359376,68359827（发行部）68359719（编辑部）
传　　真：(010)68357870
电子邮箱：book@ctph.com.cn
网　　址：http://www.ctph.com.cn

开　　本：760mm×950mm　1/32　　印　　张：4.875　　字　　数：80 千字
版　　次：2019 年 10 月第 1 版　　印　　次：2020 年 1 月第 2 次
书　　号：ISBN 978-7-5001-6041-0　　定　　价：216.00 元（全 8 册）

中 译 出 版 社

“伟大的思想”中文版序

企鹅“伟大的思想”系列丛书自2004年开始陆续面世，在英国、美国和德国均有出版。在英国出版品种最多，已付梓八十种，尚有二十种计划出版。该丛书在全球众多读者间，尤其是学生当中，普及了哲学和政治学，销量已远超二百万册。中文版“伟大的思想”的推出，是该系列的又一延续和发展，令人欢欣鼓舞。

推出这套丛书旨在让读者再次与一些伟大的非小说类经典著作面对面地交流。长久以来，此类书籍的出版都建立在这样一个假设之上——此类著作供学生课堂学习之用，因此需辅以导读、详尽的注释及参考书目等。此类版本无疑十分有用，但我想，如果某一版本能够重建托马斯·潘恩的《常识》或约翰·罗斯金的《艺术与人生》初版时的环境，为读者与作者营造更为亲密无间的氛围，使读者除了原作者及其自身的思考外没有其他参照，也许会更有吸引力。

但是，这一做法亦存在严重缺陷：每位作者的表述难免有难解或不可解之处，一些重要的背景知识或许也有所缺失。例如，读者对亨利·梭罗创作时的情形毫无头绪，也不了解该书的反响及影响。不过，这样做的优点也显而易见，最为显著的便是作者的初衷又一次受到重视——托马斯·潘恩的愤怒、查尔斯·达尔文的灵光、塞内加的隐逸。他们给许多国家的众多读者带来的生活影响难以估量，有的影响甚至长达几个世纪，几乎没有什么比阅读这些作家更令人拍案叫绝的了。倘若没有亚当·斯密或阿图尔·叔本华，将无法想象我们今天的世界。这些小书创作年代久远，但其中的话语彻底改变了我们的政治学、经济学、精神世界、社会规划和宗教信仰。

“伟大的思想”系列一直求新求变，地域不同，收录的作家亦不同。一些作家在中国或美国更受欢迎，而英国版“伟大的思想”收录的一些作家在其他国家和地区则鲜有人知。称其为“伟大的思想”，我们亦是慎之又慎。这些思想之所以伟大，在于其影响深远，但这并不意味着这些思想都是“好”思想，实际上一些书或可列入“坏”思想之列。丛书中收录的很多作家受到同样收录于该丛书的其他作家的巨大影响，例如，马塞尔·普鲁斯特承认受约翰·罗斯金影响很大，米歇尔·德·蒙田也承认深受塞内加影响。但也有些作家彼此憎恶，若发现彼此都被收录于同一丛书，一定会深感苦恼。至于他们思想的或“好”或“坏”，读者可自行判明。我们衷心希望，您可以享受阅读这些著作的乐趣。

“伟大的思想”出版者

西蒙·温德尔

目录

译者导读

"人法地，地法天，天法道，道法自然"

——《老子》

本书的书名虽取自《老子》，但内容全部摘选自《庄子》，并进行了重新编排。这大概也可反映出庄子与老子的关系。庄子是老子的后学，极致推崇老子，虽然其学说思想与老子不尽相同，但有关"道、德"的根本观念则基本相同，皆为当时一切传统思想之反对派，故经常被人并称为"老庄哲学"。

有关庄子其人，我们知之甚少。《史记》曰："庄子者，蒙人也，名周。周尝为蒙漆园吏，与梁惠王、齐宣王同时。"《庄子》一书之中也多次提及庄子与惠施往来，且死于惠施之后。但庄子一生的其他事迹，并无更多记载。至于其生卒年月，根据马叙伦《庄子年表》，庄子大约生活于公元前 370 年至公元前 298 年。

庄子的学说，胡适认为“只是一个‘出世主义’”，其中《天下篇》最能表现其思想，庄子虽生于世俗，却“独与天地精神往来，……上与造物者游，而下与外死生无终始者为友”。胡适还说“中国古代的出世派哲学至庄子始完全成立”。虽然《史记》中对庄子的评价并不高，说他“著书十余万言，大抵率寓言也”，“皆空语，无事实”。但后世仍有很多人推崇庄学，认为其“文体思想，皆极超旷”，表达了那种“忘我，顺其自然，入世而超世”的深刻体验。其“‘道’‘天’一也”的思想背后，也传达出了“道可道，非常道”之“道不可知”的理念。

本书分为十四部分。第一部分“齐物论”阐明“万物皆为一”，是庄子哲学的中坚思想，也是整个庄子思想的辩证法基础；第二部分“完美契合”藉多个故事传达“顺天而为”的思想，其中就有著名的“庖丁解牛”的故事；第三部分“何为真人？”和第四部分“命而已！”继而探讨了“顺天而为”思想下应具有的人生观和价值观；第五部分是关于“惠子”

（即惠施）的，辩论中阐明庄子思想的同时，他们之间的友情也跃然纸上；第六部分“马蹄”则由“马与粘土之遭遇”引出庄子的政治观，就是要“任天顺性”；第七部分“博学何用？”透露出庄子对于知识和幸福的态度，主张“无为而为”；第八部分“无为而为是谓天”继续展开对“无为而为”的讨论，直指“天”与“性”；第九部分“天在动吗？”则深入追问何为“天”之“道”，又回到“无为而为”；第十部分藉另一组故事探讨“真实与幸福”，答案仍是“任天顺性”、“无为而为”；第十一部分“把握生命的目的”阐发“无为而为”的人生观；第十二部分“勿要问道”比苏格拉底“我知道我什么都不知道”走得更远，“道”非但是“不知道”更是“顺性无为”；第十三部分“何为本真？”中的两个故事皆关政治，一“文”一“武”，欲强问道，唯有道法自然；最后，第十四部分则关于庄子在自己生活中如何践行自己的思想。不论是从多方面展开论证，还是从理论到实践，这样的组织安排使得《庄子》有了一个系统的脉络，为理解庄子的思想贡献了一个可供参考的架构。

最后，谈一谈本书的翻译。其实，越来越多的中国古典哲学在西方有了译本，特别是当下中国的影响力日盛。或许有人会问，为何需要将译本再转译成中文呢？当然，曾经有很多人在翻译原是中文的内容时闹出过不少笑话。这自有译者疏忽之故，个中原因我们在此无法深究。但是无论如何，对西方译本的回译，特别是古代文本，有助于我们了解和参照西方学界所进行的解读，毕竟我们对古文的解读也并非总是意见一致。有些译本更是对原文本进行了重新编排，这也有助于我们寻找古代文本内部的系统结构。译者并非庄学专家，知识能力有限，若有不妥之处，还请大家多多指正。

参考书目：

陈柱，《诸子概论》，广西师范大学出版社，2010.

冯友兰，《中国哲学史》，重庆出版社，2009.

胡适，《中国哲学史大纲》，商务印书馆，2011.

第一部分　齐物论

现在，我有话要说。我所说的跟别人所说的是不是属于同一范畴呢？我不知道。在某个层面上，我所说的是不同的。但在另一个层面上，肯定又是相同的，即我所说的和别人所说的没有什么不同。不管是哪种情形，容我尽量把我的意思说给你听。

有开始，就有开始尚未开始之时，就有开始尚未开始之时尚未开始之时。有有，就有无，而且很难说无是否无，或者有是否有。

我刚说了一番话，但是我并不知道在我所说的话里我要说的是否是真的，或者是否真的说了？

天下没有比毛发的末端更大的东西了，泰山相比都算为小；没有比夭折的婴儿更长寿的了，彭祖相比都算短命。

天地与我同时出生，而且万物与我为一。

既然万物皆为一，还有需要进行言说吗？可是我刚刚说了万物皆为一，我就已经进行言说了，不是吗？一加一等于二，二加一等于三。由此推算下去，即便是业务娴熟的会计也可能会弄不明白，何况是一般人呢。如果从“无”到“有”我们得到三，想想如果是从“有”到“有”呢，我们得要走多远！

还是不要开始，让我们呆在原地。

伟大的道没有开始，言说自打开始就已经改变了意义。但是出于“有此”的想法，界限还是出现了。我想说一说这些界限。左与右，相互关系及其影响，区分与异议，效仿与争辩，这些就是所谓的八德。

圣人不会谈论宇宙界限之外的事物——虽然他也不会加以否认。宇宙之内的事物，他虽进行谈论却不会断言。对于《春秋》中所记载的先王的事迹，圣人讨论但不评判。如果有事物被区分，就有事物未被区分；如果有异议存在，就有没有争议的事物存在。

你问，这是什么意思？圣人包容万物，而一般人却只是就事物起争执。这就是为什么我说争执意味着你根本不理解。

伟大的道路没有名字，
伟大的争辩没有言说，
伟大的善行不是行善，
伟大的虚心不是谦虚，
伟大的勇气不是残暴。
清晰明确的道不是道，
起争论的言语无价值，
行善只看眼前终无果，
虚心若被无视即失败，
残暴的勇气没有意义。

……

啮缺问王倪：“老师，你知道万物相一致的是什么吗？”

王倪说：“我怎么可能知道？”

“老师，那你知道什么你不知道吗？”

他回答说：“我怎么能知道？”

“那万物都是无知的吗？”

王倪说：“这我怎么可能知道？话虽如此，我还是想试着说点什么。我怎么知道我说我知道的东西不是我不知道的呢？同样地，我怎么知道我认为我不知道的就不是我知道的呢？我想问你几个问题：

‘如果有人睡在一个潮湿的地方，他会浑身疼痛甚至会半身不遂，可是鳗鱼会如此吗？如果有人爬上一棵树，他会害怕发抖，可是猴子会这样吗？这三者之中，谁的居所是最明智的呢？

‘人吃肉，鹿吃草，蜈蚣吃蛇，而猫头鹰和乌鸦吃老鼠。这四者之中，谁的口味是最好的呢？

‘猴子相互结伴，鹿彼此结群。人们说毛嫱和丽姬是世界上最漂亮的女人，可是鱼看见她们会潜水而逃，鸟会飞向天空，鹿也会逃跑。这四者之中，到底是谁知道真正的美呢？依我看，善和义，是非之途，根本就是相互交织的。我想我不可能知道它们之间的区别！’”

啮缺说：“老师，如果你不知道善和恶之间的区别，是不是说完美之人也没有这样的知识呢？”

王倪回答说：“完美之人是纯精神的，他感受不到滚烫沙漠的热度，也感受不到浩瀚水域的冰冷。能劈开高山的闪电和能搅动海水的风暴都不能让他惊恐。这样的人乘着云彩登上日月，遨游于四海内外。死生都不能影响他，他也不关心善恶！”

瞿鹊子问长梧子：

我听老师说：圣人
不劳作，也不寻利，
不行善，也不为害，
而且他也不追求道；
不说话却可以达意，
说话时却无所传达，
超越了尘世的界限。

“老师把所有这些看作是一连串无尽的词语，可在我看来它们就像是有关神秘之道的言论。老师，您认为如何？”

长梧子说：“这样的说法甚至会让黄帝感到困惑，那么孔子怎么可能明白呢！而且，你过于超前了，蛋还未孵化就想计算鸡的数量，看到碗就想到烤好的禽肉。我尽量跟你随便一说，你也随便一听。智者如何能够坐在日月之旁而包容整个宇宙？因为他让万物归于和谐，所以他拒绝差异和混乱，并且无视地位和权力。当一般人匆忙地四处闯荡，圣人却显得愚蠢无知，而且在他看来万物是合而为一的。万物只是顺其自然，万物在他看来都是在做它们应该做的。

“我怎么知道对生的爱不是虚幻呢？或者对死的恐惧不正像一个离家出走的年轻人找不到回家的路？丽姬小姐是边疆守卫艾的女儿。当她被晋国俘获时，她哭得眼泪都把捆绑她的绳子浸湿了；随后她来到了晋王的宫殿，睡在晋王的床上，享用晋王的食物，就后悔之前流眼泪了。我怎么知道人死后不会为他们之前贪生而后悔呢？

“清晨来临，那些梦到在宴会上喝醉的人可能会哭泣呻吟；那些在梦中哭泣呻吟的人待清晨醒来就外出打猎去了。当他们做梦时，他们并不知道是在做梦。确实，在梦中他们可能认为他们在解梦，只有当他们醒来才知道这不过是一场梦。思考和清醒之日终将到来，到那时我们就会知道一切都是一场大梦。只有愚蠢之人才认为他们现在是清醒的，好像他们真得知道发生了什么，谁演王子，谁演仆人。真是愚蠢啊！老师和你都活在梦里。当我说这是梦时，我也在做梦。就这句话也是骗人的。如果万年之后我们能有一次机会见到一位明白这个道理的真正伟大的圣人，这就好像只过去了一上午似的。

“假如你和我进行辩论，你胜过了我，而不是我胜过了你，这难道就意味着你就当然是对的而我就当然是错的吗？如果我胜过了你，是否就能得出我就当然是对的而你因此就是错的呢？我们之中真的有一个是对的而另一个是错的吗或者是否我们都是对的或者都是错的呢？你和我终究都不知道，而其他人就更不清楚了。如此，我们让谁来给我们正确答案呢？你能问那认为你对的人吗？可是这样的人怎么能够给出一个公正的答案呢？我们能问那认为我对的人吗？可是如果他同意我的意见，他又怎么能够作出公正的评判呢？那么，同样地，我们能问对你我的意见都赞同的人吗？同样地，如果他对你我都赞成，他怎么能给出一个真正的判断呢？那我们能问对你我都持异议的人吗？还是一样，如果他对你我都反对，他怎么能进行真诚的评判呢？很明显，不论你我还是其他任何人相互间都不能作出如此决定。那么，我们是否还应当等待另外有人出现呢？

“等待一个声音来统合一切跟不等待任何人一样没有意义。把所有事物一块儿置于天的平等之下，让它们变化的过程持续无阻，并且学会如何成长到老。把所有事物一块儿置于天的平等之下是什么意思呢？至于何为是非，我要说非亦是，是亦非。但是让我们不要纠缠于此讨论。忘记生，忘记担心是非。投入到那未知的无穷之中，找到属于你的位置！”

罔两问景：“你先是在动，然后又站着不动；你坐下，然后又站起来。你为什么不能自己作决定呢？”

景答道：“我要依赖其他东西来成为我自己吗？难道这个其他的东西自己不也得依赖另外的其他东西吗？我必须得依赖蛇的鳞片或蝉的双翼吗？我怎么能够分辨事物是怎样的呢？我怎么知道事物不是怎样的呢？”

从前，我庄周梦到过自己是一只蝴蝶，飞来飞去，十分开心。我忘记了自己是庄周。然后突然我醒了，又变回庄周了。但是我不能分辨，到底我是庄周梦见自己是一只蝴蝶，还是我是一只蝴蝶梦见自己现在成了庄周呢？无论如何，庄周和蝴蝶之间肯定是有某种区别的！我们可以称之为事物的转化。

➛ 第二部分　完美契合

庖丁为文惠君宰杀一头牛。他手上的每一个动作、肩膀的每一次耸动、双脚的每一次迈步、膝盖的每一次推抵、肉撕裂时发出的每一声，以及下刀时所发出的嗖嗖之声，都是那么地完美契合，就好比《桑林》的舞蹈或《经首》的旋律。

“啊，太棒了！”文惠君说道，“你的技艺为何如此高超呢？”

庖丁放下他的刀然后说道：“属下最爱的是道，它优于任何技艺。当我最开始宰牛的时候，我看到的只是一整头牛。三年后，我就学会了不把牛看成一个整体。现在我是借着我的心智来行动，而不是用我的双眼。我不去管那感觉，而是追随着我的灵魂。我看到了那自然的线条，我的刀子划过那大的空隙、顺着那大的腔孔，这是将已存在的为我所用。因此，我避开了那些大的肌肉，更别说那大的骨头了。一个好的厨师一年换一把刀，因为他用刀切。一个普通的厨师却不得不一个月换一把刀，因为他用刀砍。现在我这把刀已经用了十九年了，用它宰杀了几千头牛。但是，它的刀刃仍像刚开过光一样锋利。两个关节之间是空隙，而刀刃却没有什么厚度。如果你把没有厚度的刀刃切进这样的空隙之中，是有足够空间的，当然足以让刀划过。不过，当我碰到比较困难的部分，我能够看出它不好处理，我就会小心谨慎。我仔细观察，谨慎移动。然后，轻轻地，我滑动刀子，直到肉都分开，像一块土掉到地上一样散开。我手持刀站在那里，环顾四周，然后心满意足地把刀擦干净收起来。”

文惠君说：“妙极了！我听了庖丁说的话，从他的话里我学到了尽享此生的方法。”

公文轩看到右师时，十分惊讶，说道：“此人是谁？为何他只有一只脚？这是天生的还是人为的？”

右师说道：“天生的，不是人为的。天赋予我生命，同时它只给了我一只脚。人的相貌是天生的，因此我知道我这是天生的，不是人为的。沼泽里的野鸡每走十步啄食一次，每走百步喝水一次，但它可不想被养在笼子里。即便你待它如国王，它的灵魂也是不开心的。”

老子死后，秦失前来为他哀悼。他叫喊了三声后就离开了。

老子的一个弟子说道：“难道老师不是你的朋友吗？”

他回答说：“没错。”

“那么你真的以为这样的哀悼方式是最好的吗？”

“是的。起先我以为这些人是真正的人，但是现在我不这么确定了。我进来哀悼的时候，有老人在哭泣，就好像他们失去了自己的孩子一样；有年轻人在痛哭，如同自己的母亲去世了一般。这样的一群人聚在一起，不停地瞎聊，但是老子可没让他们来这儿聊天；而且还哭哭啼啼，虽然老子并不想要别人为他流眼泪。这是违背天意，沉浸在情绪之中，忽视了天的赋予。古人称之为违背天理的后果。你老师来到这个世界，是因为他应当出生。现在他死，也是完全自然的。如果你准备接受并顺其自然，悲伤和喜悦都不能触碰到你。古人将其视为神的工作，让我们脱离束缚。

“我们可以指着那燃尽的木材，但是其上烧过的火，我们却不知道它去到何方。”

……

颜阖即将成为卫灵公长子的老师，所以他前去拜访蘧伯玉说：“有一个人，天性没有道德。如果我让他只是顺其自然，国家将岌岌可危；如果我尽力让他回归有节制的生活，那么我的生命将有危险。他只能认识到他人的过分举动，却不能看到自己的。在这种情况下，我该怎么办呢？”

蘧伯玉说：“问得好！要警惕，要小心，保证你自己是正确的。外表上要表示赞同，心里要保持满足和谐。但是，这些策略都有风险。不要让你的外在态度影响你的内在自我，也不要让你的内在自我表现于外。如果你使自己陷入了他做事的方式之中，你会被推翻、毁灭、摧毁，并最终溃败。如果你内心的和谐表现于外，你将会获得声名，然而你会被称为恶人。如果他做事像个孩子，那么跟他在一起时就表现得像个孩子；如果他不允许有任何限制，那就按他说的做。如果他跨越栅栏，就跟着他！只有理解他，然后才能巧妙地引领他改过。

“你难道不知道螳螂的故事吗？愤怒之中，它挥舞着它的手臂阻挡快速行进的马车，却不知道它无力阻止，还对它自己的力量信心满满哩！要警惕，要小心！如果你如此盲目自信，你将遭遇同样的危险。

“难道你不知道驯虎师的做法吗？他不会给老虎活的动物做食物，害怕过度刺激它们会让它们爱上杀戮。他甚至都不给它们整个的动物尸体，害怕激起它们撕碎动物的怒气。他观察它们的食欲，意识到它们的凶猛。老虎和人不同，但是如果你懂得如何去适应它们，你可以训练它们听从训练师的指令。那些违逆老虎天性的人不会活得很久。

“爱马的人用精美的篮子和瓶子收集马粪和马尿。可是，当一只蚊子或牛虻落在马身上，马夫突然地将其轰走时，马会挣脱马嚼子、损坏马具并伤到前胸。马夫是出于爱马尽量去做那有益的事情，可是最终结果却适得其反。因此我们更应行事谨慎啊！”

在去齐国的路上，木匠石来到一个叫曲辕的地方。他在那里看到一棵橡树，被当作土地神明的庙宇敬拜。这棵树那样地大，足以遮蔽一千头牛。它有一百抱那么粗，高耸超过山顶足有八十英尺处才开始发枝。可以被开凿成整艘船的树枝就有十根。大量的人前来参观，使这个地方有了节日的气氛，但是木匠石都没环视一圈就继续赶路了。他的助手仔细观察过这棵树后，紧追上他的老师说：“自从我首次拿起斧头追随您以来，还没见过这样的树木呢。先生，您为什么都不停下来看一眼就继续赶路呢？”

他说：“安静，啥也别说了！这棵树没啥用。用它做船会沉，做棺木会很快腐烂，做家具会散成碎片，做门会到处渗出树液，做梁柱会生蛀虫。这棵树没用，什么也做不了。因此它才能活这么长。”

石师傅返程的时候，这棵树在梦中向他显灵，说：“你到底要把我比作什么？用于观赏的果树吗？山楂树、梨树、柑橘树、葫芦或其他果树之类的树吗？他们的果实成熟时会被打掉，树木因此而遭罪。大的树枝会遭到破坏，小的树枝会被折断。因为它们有用，它们就遭罪，所以不能尽享天所赋予的寿命。对于人们所进行的此类破坏，它们只能怪罪自己有用。万物皆如此。我花费了很长时间学会变得无用，尽管有那么几次我差点就被摧毁。不过，现在我已经完善了无用之术，对我来说，这很有用！如果我以前有用，我能长这么大吗？再说，你我皆是物。一物怎能对他物加以评判呢？你这个终将死去的无用之人又怎能了解一棵无用之树呢？”

木匠石醒来之后就把他所做的梦告诉他的学徒。学徒说：“如果它想变得无用，为什么还被用作土地神明的庙宇呢？”

石说：“嘘！别说了！这棵树正好在此，因此变成了祭坛。这样它才能保护自己，免受那些尚未意识到它无用之人的伤害。如果它不是祭坛，就有被砍伐掉的危险。另外，这棵树不是一般的树，所以用一般的言语来谈论它可就是不得要领了。”

南伯子綦在商地的山丘之间漫游，碰到一棵巨大而不寻常的树，树下可以为一千辆马车提供荫蔽，全部都能被遮挡住。子綦说：“这是怎样的树啊？它肯定是世上最棒的木材！”但是，当他抬头看时，看到小一点的树枝是那样的弯曲变形、长满树瘤，根本就不能用作房梁；往下看，看到树干也是弯曲变形的，不能用作好的棺木。他舔了一片叶子，感觉嘴唇被擦伤了，很疼。他又闻了闻，这一下差点发疯，就跟大醉了三天似的。

子綦说：“这棵树肯定毫无用处，因此它才能长这么大。啊哈！这就是圣人赖以生存的那种无用啊。

“在宋国有一个区域为荆氏之地，特别适合种植梓树、柏树和桑树。不过，那些有一握多粗的树，被要为他们的猴子做木桩的人砍了；那些有三四指距宽的树，被要给大房子做梁木的人砍了；那些有七八指距宽的树，被想要他们的棺木每一面都是整个厚板的君主和富人砍了。因此，这些树都不能活过天赋予它们的寿命，反而在它们生命的黄金时期被人用斧子砍掉。这都是有用的后果啊！献祭时，把有白色额头的牛、鼻孔上翻的猪以及患有痔疮的人作为祭品献给河神是没有用的。僧人知道这些，因此他们视这些生物为不祥的。但是，圣人却因相同的原因而对它们高度评价。

“支离疏身体残疾，下巴陷进了他的肚脐，肩膀高过了头顶，发髻指着天，五脏都被挤压到了身体的顶部，两条大腿紧紧顶着肋骨。他靠磨针和洗衣服挣的钱足以糊口。他给人去糠筛米挣的钱能养活十个人。官员来征兵时，他大摇大摆地闲逛，不必躲藏；官员想要组织大批人员服劳役时，因为他身体畸形，也没人去找他。反过来，当官员向体弱之人分发粮食时，他却可领到三大份，还有十捆柴。如果像他这样身体畸形的人都能够养活自己并尽享天赋的寿命，又何况那仅在道德层面上畸形的人呢！”

……

在鲁国有一个身残之人名叫叔山无趾。他拖着残肢来见孔子。孔子说：“你以前不谨慎所以才遭此厄运。现在才来见我为时已晚。”

无趾说：“因为我的无知和对身体照顾不周，我失去了一只脚。现在我来找您是因为我还有比脚更重要的东西想要保全。没有什么东西是苍天不能覆盖的，也没有什么东西是大地不能承载的。我本希望先生您可以做我的天地，没有想到您会这样待我。”

孔子说：“我真是愚蠢。先生是善人，请不要走，我想要跟您分享我所学到的。”

可是，无趾还是走了，孔子说：“要注意啦，学生们！无趾，伟大啊，虽然失去了一只脚却仍然想通过学习来弥补他的过错。你们个个身体健全，岂不更应该要学习！”

无趾把他的故事讲给老子听，说：“孔子肯定尚未成为完美之人，不是吗？他好像还是沉溺于追求名誉声望而不能自拔，好像并未懂得完美之人将名声视同枷锁。”

老子说：“为什么不帮他认识到死生是一回事，是非也是一回事，好让他自枷锁中解脱呢？”

无趾反问：“如果是天在惩罚他，他又如何能摆脱呢？”

鲁哀公问孔子说：“卫国有一人，相貌丑陋，叫哀骀它。但是在他身边的那些人都敬佩他，若女人看到他，便跑到他们的父母跟前说：‘我宁愿做这位君子的小妾也不愿做别人的妻子。’这样的事情发生过不止十次。从未有人听说他引领过任何东西，倒是经常附随别人。他不强大，不能救别人于危亡之中；他也不富有，不能充实别人的肚皮。况且，他是那样的丑陋，足以吓到全世界的人。他从不带头干什么，只是附和别人的提议，对于自己家四面墙以外的世界一无所知。但是人们成群结队地来找他。很明显，他和普通人不一样，因此我召他前来见我。他确实丑陋，足以让全世界的人都害怕他。可是他跟我在一起还不到一个月，我就开始欣赏他了。不到一年，我就完全信赖他了。因为国家尚未有主政的大臣，所以我请他担任此职。对于我的请求，他的反应是那么地难过，那么地羞怯，如同要拒绝一般。我为自己感到羞愧，但最终还是把国家交给了他。不久后，他便起身离开了。我很难过，我觉得这是重大的损失，因为没有人可以与我分担治国的重担了。你说，这是什么样的人呢？”

孔子说：“我曾经出使楚国，看到一些小猪仔正奋力在它们死去的母亲身上吸奶。可不一会儿它们就全都站起来离开了。因为母亲似乎不再注意它们，所以它们也不再感到与母亲间的亲密了。它们爱母亲不是爱她的躯体，而是那给予躯体生命的东西。如果一个人在战场上被杀，葬礼上授予他的战争荣誉对他来说没有什么用处。失去双脚的人不会喜爱鞋子。因为在这两种情况下，他们失去了那让这些东西有价值的理由。没错，天子的妻室不用修剪她们的指甲也不用穿耳洞；一个新近结婚的君子会远离宫廷，免于那繁重的义务。照料身体要花费如此多的精力，想想要保存道德需要怎样的照料吧！虽然哀骀它什么都不说，人们却信任他。他什么都不做，人们却爱戴他。他能够使别人情愿把国家政权交给他，还唯恐他不接受。他必定是一个具有完美品格和无形道德之人。”

“你说的‘完美品格’是什么意思？”哀公问。

孔子回答道：“死亡、出生、存在和烦恼、吉兆和凶兆、财富、贫穷、有用和无用、荣誉和责备、饥饿和口渴、寒冷和炎热——所有这些都是世界运行的方式、命运的结果。日夜交替，但是我们却无法知道它们来自何处。不要让这样的事扰乱你内在的平衡，也不要让这样的事使你心生烦恼。如果你能平衡且享受日夜，掌控它们并为之陶醉，而且能够夜以继日地始终如此并统和万物，就能够造就一颗应变的心，这就是完美品格。”

“那‘无形道德’又是什么意思？”

“静止的水，可以在其中发现完美的平衡。这样的水就是我们所有人的榜样。保持内心和谐，不让任何外在之事影响它。道德，即是真正平衡的结果。道德没有任何形状或形式，但任何事情都不能没有它。”孔子说。

➻ 第三部分　何谓真人？

一个人若既懂得天道又通晓人道便达到完美了。懂得天，他便和天一同成长。懂得人性，用他的明智所知道的，来培养他的明智所不知道的，因此能获得善终而不是英年早逝。这便是完美。

虽然如此，但事实上问题仍然存在。真正的理解必然有所适用，可适用的对象本身却是不确定的。我怎么知道我称为天的不是人，或者我称为人的不是天呢？

只有真人才能理解。那么何谓真人？古时真人不与贫穷相抗争，也不在财富之中寻求圆满——因为他没有什么宏伟蓝图。因此，他从不为任何失败而懊悔，也不为任何成功而狂喜。他测量高度时毫无畏惧，探测深度时毫无困难，穿过火焰时毫无疼痛。就是这种人，他的理解已经将其提升到接近道了。

古时的真人睡时无梦，醒时无忧。他吃饭而非品尝，深呼吸，非常之深。真人从双脚往上全身呼吸，而普通人仅从喉咙呼吸。蹩脚之人说话如同呕吐一般。为贪婪和欲望所吞噬，在天道面前他们只是浅薄。

古时真人并不恋生，亦不畏死。他来时，无所期望；他去时，毫无抗拒。他静静地去，他静静地来，就是这样。他并不打算忘记他的起源，也没兴趣知道以后的遭遇。他不仅乐意接受任何事物，并且会忘记他之前已接受的事物并将其赠送。他并不偏爱心而是偏爱道，并将天道置于人道之上。这就是真人。

像这样，他内心健忘，
面容平静，额头舒展；
凄冷似秋，温暖似春。
高兴愤怒如四季变化。
面对万物，行为得当，
却没人知道最后结局。

故圣人即便召集军队，
征战列国，让其臣服，
也不会失去人民爱戴。
他本性宽宏造福万代，
但他却并不热爱世人。
圣人不追求有福同享。
仁人不流露自身情感。
智者不等待自然天性。
学者平衡利好与破坏。
君子不为求名而迷失。
迷失真我和道路的人，
就没有能力指挥别人。
……
古时的真人显得出世，
也就没有失败的危险。
看似匮乏却毫不拿取。
随心所欲却不好批评。
明显虚空却毫无炫耀。
开心地笑，似很满足。
反应快速，似无选择。
悲伤时，他表现出来。
满意时，他道德从容。

安静时，他天人合一。
骄傲时，他放荡不羁。
他的天性好像不可知。
从不在乎，忘其欲言。
他视法律为政府外形。
将仪式礼仪视为翅膀，
将知识视为符合时宜。
他还将道德视为得当。
因视法律为政府外形，
故他可灵活处理死刑。
因他将仪式视为翅膀，
他可与社会和谐相处。
因视知识为符合时宜，
他理解万事自然之道。
因他将道德视为得当，
才能跟领袖人物同行。
所以他自发采取行动，
别人还以为代价很高。
因此他所追求的是一。
而他所否认的也是一。
一是一，不一也是一。
一是说，他与天合一。

不一是说，与人合一。

当天与人没有争执时，

我们就能说是真人了。

死亡和出生是有定数的。就像黑夜过后必有黎明一样确定无疑，死生乃天命注定。这超出了人的掌控能力，事情就是这样的。一些人将天视为他们的父亲并一直爱他。对于那更伟大的，他们又该献上多少虔诚呢！一些人视他们的君主胜过他们自己，愿意为他献出生命。对于那比他们的君主更真的，他们又该献上多少生命呢！

当泉水干涸的时候，人们发现鱼都搁浅在地上。它们用自身的水分来保持彼此潮湿，用它们的粘液来让彼此湿润。就算它们在河流和湖泊里只能彼此相忘，也岂不是更好。人们赞美尧而批判桀，但是如果人们把他俩都忘掉而只是顺从道，岂不是更好。宇宙给予了我这躯体的负担，使生命变成挣扎，让我到老年时休息，死后才获得安宁。因此，那让生活美好的，同样也让死亡美好。

一条船可以藏于峡谷之中，一张渔网可以藏于池塘之中，这样你可能认为它们因此就安全了。但是，夜半之时会有壮汉前来将它们拿走。眼光狭小之人只是不明白将小东西藏于大东西之中并不意味着它们就不会被偷走。如果你将取自天下之物藏于天下，它就没有地方可以遗失了！这就是万物的真理。拥有人形是一件高兴的事，但是在宇宙可能的形式中，其他形式也同样好。存在着无数的可能性难道不是一件幸事吗？圣人要去那无物逃离他的地方，安心地在那里与万物共存。无论英年早逝还是年华老去，不论是开始还是结束，他都欣然接受，将它们看作是同样好——他应该成为别人的榜样。如果是这样，那么那维系生命万物、作为一切变化起源的又该是我们怎样的榜样呢！

伟大的道既有内在真实又有外在表现，但它是无为、无形的。

它可以被传递，但不能被接收。
它可以被获得，但不能被看见。
它根植于自身，在开天辟地前，
它就已存在，并将永远地存在。
它赋予神灵以神性，开天辟地。
它先于元气存在却不能说崇高；
它处宇宙四方之下却不能说深。
它先于天地而生却不能说是老。

它远比古代更为古老却并不老。

……

子祀、子舆、子犁和子来在一起交谈，说道:“如果有谁能如此想象:‘无’是他的头，‘生’是他的背，而‘死’是他的尾，并且知道死生存亡都是一样的、相同的——这样的人就应该是我们的朋友。”四个人都笑了，心生默契，于是成为朋友。

不久，子舆生病了。子祀前去探望，子舆说:“造物主真是伟大啊！他让我身体畸形。我的背就如同那驼背之人，我所有的脏器都跑到上方，而且下巴也陷进了肚脐中，肩膀升到了脑袋以上，发髻都指着天了！”他已阴阳失调。可是他却心中平静，毫无忧虑。他蹒跚到井边，往井里看他的倒影，然后说，“我的天啊！造物主已经让我变得完全畸形了！”

子祀问道:“你讨厌这个样子吗?”

“不，我为什么要讨厌呢?比方说，我的左臂可能会变成一只小公鸡，那样的话我就能够在晚上报时了。或许，最后我的右臂会变成一把十字弓，那样的话我就能猎杀一只鸟来吃。我的屁股也可能会变成车轮，我的灵魂变成一匹马，那我就会骑上马出去兜一圈。毕竟，到那时我就再也不需要其他车辆了。我得生是因为时机到了，同样时机到了我也会死去。那些顺从自然的进程而默默前行的人不会为喜乐或悲伤而担忧。这样的人在以前被认为是实现自由、摆脱束缚了。那些不能实现自我解脱的人被外物所束缚。即便如此，也没有什么可以胜过天——事实一直如此。这么说来我又为什么要讨厌现在的样子呢?”

后来子来生病了。喘喘嘘嘘地快要死了。他的妻子和儿女都在他身旁哀伤。子犁前来看望他，子来却说:“闭嘴，出去！你想要扰乱变化的进程吗?”

子犁倚在门口评论道:

“造物主何其伟大！
要把你变成什么?
要派你去向何方?
重生为老鼠肝脏?
还是变成虫的臂?”

子来说:

“当父母让子女到某地的时候，

不论东南西北，子女皆听从。

阴阳二气是我们人类的父母。

它们让我死，如果我不遵从，

这也只能算是我的刚愎任性。

我的死亡根本不是它们的错！

宇宙赋予我形体，使我出生，

引领我步入暮年，安于死亡。

若喜悦生命，也须喜悦死亡。

一个好的匠人，打铁的时候，

会不高兴，如果铁跳出来说：

‘一定要把我做成镆铘一样。’

我既已足够大胆，呈现人形，

若我说：‘我要做人，要做人。’

造物主定会有些怀疑地看我！

若天地是熔炉，自然是工匠，

它会派我去不适宜的地方吗？

让我们平静死去，安静醒来。”

➳ 第四部分　命而已！

子舆和子桑是朋友。刚好下了十天的雨，子舆就说：“子桑可能有麻烦了。”于是他包好一些食物带给他。来到子桑的家门口，他听到奇怪的声音，有人正一边弹琵琶一边唱：

“父啊！母啊！天啊！人啊！”

歌者的声音听上去好像即将要消逝了，却努力要唱完那诗文。子舆进门后就问：“子桑，你为何如此歌唱？”

他答道：“我正努力弄明白是什么让我衰败至此？我的父母肯定不想让我这么穷吧？天待万物都是一样的。地承载万物也是一样的。天地也不想我贫穷，不是吗？我想弄明白是谁如此安排，但是我找不到答案。如果你非要下个结论，这不过是命而已。”

……

天根在去殷山南面旅行的路上。他抵达蓼水，在那里碰到了无名人，就问他：“我想问问你如何治理天下万物？”

无名人答道：“走开，你这愚蠢的笨蛋！多么让人讨厌的问题啊！我正和造物主一起遨游。要是太累了，我便乘着自在虚无之鸟，去那世界四方之外，遨游于无处之所、无有之地。你为什么要打断我并用如何治理天下万物这样的问题来扰乱我的心？”

天根又问了同样的问题。无名人答道：

“让你的心在质朴之中旅行。
与那无法定义的合为一体。
让万物都保持自然的样子。
而不要怀有你个人的观点。
这就是治理天下万物之法。”

阳子居前去拜访老子，他说：“有这么一个人，他热情且谨慎，有清晰的见解和智慧，并且从不间断地学习道。这样的人肯定是有大智慧的君王了吧？”

老子说：“和圣人比，这样的人只是一个谦卑的仆人，被他的工作所束缚，疲惫不堪、心中苦恼。据说，人们猎杀老虎和猎豹是因为它们的皮毛美丽。猴子和狗也因为它们的技能而被人套上绳索。它们怎么能够和有大智慧的君王比呢？”

阳子居吃惊地说：“恕我大胆问问有大智慧的君王是如何治理的？”

老子说：

“这就是大智慧君王的治理之道！
他的工作影响天下万物，却好像什么都没做。
他的权威延伸到所有生灵，但没有人依赖他。
他虽没有名望或荣光，然而万物都达成完满。
他于神秘之处立足，并且于虚无之境中遨游。”

郑国有一个鬼神巫师叫季咸。他能够预知人的生死；他知道天降的好运和灾祸；他知道幸福和痛苦、人生和寿命，能具体到年、月、周和日，好像他自己就是神一样。郑国的人一旦看到他走过来，就会逃走。列子前去看他，却被迷住了。他回去就告诉壶子："先生，我原以为你的道是完美，但是现在我找到更好的了。"

壶子说："我以前向你展示的只是我讲道的外在文本，不是它的内核。你怎么能认为已掌握了我的道呢？如果你有母鸡却没有公鸡，你怎么能够获得鸡蛋呢？你在世界面前炫耀你的道。这个人因此才可以算出你的运数。你把这个巫师带来我们见见面。"

第二天列子就把这个巫师带来见壶子。当他和列子一同离开壶子的家时，巫师说："天啊！你的老师要死了。实际没几天可活了——他可能最多活七天。我看到了一个奇怪的景象——如同打湿的灰烬一般。"

列子回到屋内，哭得那样厉害，泪水都浸湿了大衣，并把他听到的告诉了壶子。壶子说："我让自己看起来如同大地。我就像山一样坚固，什么都没向他显露。他可能把我看成了一本合上的书，看上去没有德行。如果可以，你再把他带来。"

第二天，列子又和那个巫师一起来见壶子。当他们出去后，巫师对列子说："你的老师碰到我多走运啊！他好多了。没错，他确实有活力了。生命又重新流动起来了。”

列子回到屋内，将巫师的话告诉给壶子。壶子说：“我让自己看起来好比是天，名声和财富都不存于心。我的自然之状在我身上自然流露。他在我身上看到了生命全部的和自然的运行。如果可以，你再把他带来。”

第二天，他们又一起来见壶子。出门后，巫师对列子说：“你的老师每次都不一样。我在他的脸上捕捉不到运数。如果他能回归到某种一致性上，我再来看他。”

列子回到屋内向壶子转告了此事。壶子说：“我向他展示自己，就像那伟大的虚无，其中万物皆平等。他几乎必然在我身上看到了我内心力量之间的和谐。当水流动的时候，会有旋涡；水域平静的地方，会有旋涡；水域聚集的地方，也会有旋涡。一共有九种类型的旋涡，我只向他展示了三种。如果可以，你再把他带来。”

第二天他们两个又来见他。可是，都还没有坐定，巫师就慌慌张张地跑掉了。壶子说：“去追他！”

列子在后面追他。但是追不上他。回来后他对壶子说：“他跑了，我没追上。我追不上他。”

壶子说：“我只是向他展示迄今尚未揭示的潜能。

我所展示的自己不知道谁是谁，也不知道何物是何物。我达到随心所欲地流转和变化。因此他才逃离。”

由此，列子意识到迄今为止真正的道他什么都没学到，所以他就回家了。三年期间他从不出门。他为妻子做饭，像待人一样养猪。对于学业他毫无兴趣。他排除自己的欲望，追求真理。他的身体如同变成了土地一般。万物之中，他一直与一相合，终身如此。

不要渴求名望。
不要谋划打算。
不要尽力作为。
不要努力求知。
保持自然，但不要将其视为任何。
配合天赋予的一切，但不求拥有。
只是保持虚无。

完美之人心如明镜。
它不探求事物。
它不寻找事物。
它不寻求知识，只作回应。
故能应对一切，不受伤害。

……

踏上真理之路的人不会丢失内在天性。

对于这样的人，那联合的没有问题；

那分开的没有关系；

那长的不会太长；

那短的不会太短。

比方说，鸭子的腿短，

但要拉长会造成痛苦。

鹤的腿长，

但要缩短会导致忧伤。

天生为长的我们不应削减，

天生为短的我们不应拉长。

因为那是无济于事的。

或许，可以说，仁和义不是人性所固有的？看看那些想要表现友善的人所忍受的焦虑有多少吧。

↠ 第五部分　惠子

惠子对庄子说：“魏王给了我一颗大葫芦的种子，我种了，长出的果实很大，足以盛五斗多的任何东西。于是我就用它盛水，结果装满后太沉了都提不起来。我就把它切成两半来做瓢，但是又太笨拙了，根本没法用。不是说它们不够大，我只是发现我不会使用它们，所以我就把它们毁掉了。”

庄子说：“惠子啊，问题当然是你不知道如何使用大东西了。宋国有一个人，他能制作一种乳膏，保护双手不龟裂，于是他的家人就一代一代地以漂洗丝绸为生。一位行人听说之后便提出用一百黄金购买这个秘方。所有的家庭成员聚到一起商量如何回复，说：‘我们一代一代地漂洗丝绸，可是赚的钱不足数金；现在一个早上我们就可以赚得一百金！卖了吧。’于是这位行人得到了秘方就前去见吴王。吴王正与越国进行争战。吴王授权行人指挥军队，冬天最寒冷的时候他们在水上与越人作战，对越人施以了毁灭性打击，行人则获赠了他所征服区域中的一大块土地作为奖赏。同样防止双手龟裂的乳膏却导致两种情形：一人获得了封地，而其他人却止步于一直漂洗丝绸，因为他们使用这个秘方的方法如此不同。那，先生，你有一个大葫芦，足以盛五斗，可是你为何不用它来做大瓶子，这样你就可以借此在河湖上漂流了，而不是把它们看作无用之物处理掉呢？惠子啊，是因为你脑子长草了啊！”

惠子对庄子说：“我有一棵大树，人们都说没用。它的树干到处是结，没有木匠愿意加工它，而且它的树枝是那样弯弯曲曲，没法用直尺和圆规丈量。所以，尽管它长在路旁，所有木匠都不屑一顾。先生，您所发表的言论，浮夸而无用，因此所有人都不屑一顾。”

庄子说：“先生，你难道没有见过野猫和黄鼠狼吗？它趴在那，弯曲着身子等待；它东蹦西跳，也不管高低；直到落入陷阱，死在网罗之中。还有牦牛，它就像天空中的云那么庞大。它是大，但是不能凭此事实就可捉老鼠。现在，先生你，有一棵大树却不知怎么用。那你为何不把它种在旷野之中，然后你就可以去漫游或在树荫下休憩呢？天下没有斧头会攻击它，不会缩短它的寿命，因为事物若无用便再也不会感到不安了。”

……

惠子问庄子：“一个人有没有可能没有任何情绪？”

庄子说：“当然。”

惠子问：“一个人没有情绪了——你还可以称他为人吗？”

庄子答道：“道赋予他面容，天提供给他形体，怎么能得出结论说他不能被称为人呢？”

“如果他已被称为人，怎么能得出他没有情绪呢？”

庄子说：“我所说的情绪不是这个意思。当我说一个人没有情绪，我是说一个人不让善恶影响他。他万事顺其自然，让生命以它自己的方式延续。”

惠子说：“若他不干预生命，那他又如何照看自己呢？”

“道赋予他面容，天提供给他形体。他不让善恶影响自己。可是你现在呢，你把灵魂穿在衣袖上，竭尽气力撑着自己站在树上喃喃而语，或者，趴在桌子上睡觉。天赋予你形体，你却在无意义的争辩之中将其耗尽。”

……

惠子被任命为梁国的宰相，庄子前去见他。有人告诉惠子说：“庄子要来了，因为他要取代你的位置。”这让惠子很惊恐，他花了三天三夜搜遍了全国，想要找出这个陌生人。

庄子去见他时说：“南方有一种鸟叫作雏凤，先生，你知道吗？这种鸟，它从南海升起，飞向北海。它只在海棠树上休憩，只吃楝树的果实，只喝甘泉中的水。曾经有一只猫头鹰，爪子上紧抓着一只快要腐烂的老鼠的尸体，抬头瞥见它就说：‘嘘！’我说你啊，先生，你主政梁国，你就觉得有必要把我吓唬走吗？”

庄子和惠子一同在濠水的堰堤上散步，庄子就说：“你看到鱼儿是怎样跃出水面、随心所欲地游来游去了吗？这就是鱼真正的快乐。”

惠子说：“你又不是鱼，你如何知道鱼喜欢什么？”

庄子说："你又不是我，你怎么知道我不知道鱼喜欢什么。"

惠子说："我不是你，所以我肯定不知道你到底知道什么。不过，很显然你也不是鱼，你必然也不知道鱼真正喜欢什么。"

庄子说："哎，如果你不介意，还是让我们回到你最开始的问题吧。你问我如何知道鱼真正的快乐到底是什么。因此，你问这个问题的时候，你已经知道我是知道的。而且我也是因为站在濠水的堰堤上才知道的。"

……

庄子的妻子死了，惠子前来安慰他，可这时庄子正坐着，两腿交叉，一边猛敲一个毁坏的浴盆，一边唱歌。

惠子说："你们作为夫妻一起生活，她养育了你的子女。她死了，你不哭也就罢了，却大声敲着浴盆唱歌，这怎么可以！"

庄子说："当然不可以了。她刚去世时，我跟所有人一样，很是忧伤。可是，我随后想到了她的出生，她生命最初的情形，还想到她出生之前。实际上，不仅是她出生之前，还有她的形体被创造之前。不仅是她的形体被创造之前，还有她生命的气息最初开始之前。从这一切之中，通过奇妙的神秘变化她被赋予了生命的气息。她的生命气息发生转化，她便具有了形体。她的形体再发生转化，她便出生了。现在转化又要发生了，她便死去。她就如同一年四季一样，春夏秋冬交替更迭。她现在躺在坟墓中安息了，如果我还要呜咽哭泣，必然显得我不明白命运的道理。所以我才停止哭泣。”

……

庄子说："一个弓箭手，都懒得瞄准，全然凭借运气射中了靶心。我们可以称他为好射手，可是如果那样的话，那么天下所有人都可以称作神射手羿了，这样可以吗？"

惠子说："可以。"

庄子说："对于什么事情在他们心中才是正确的，人们意见迥异，但是每个人都知道他认为正确的事情。因此世界上每个人都可以被称作尧，是这样的吗？"

惠子说："可以。"

庄子说："那么，有四个学派——儒家、墨家、杨朱和公孙龙——再算上先生你自己，一共五派。那么哪一派是正确的呢？或者更像是鲁遽那样呢？他的一个弟子曾说：'我已经掌握了你的道，先生，我冬天可以为壶加热，夏天可以让水结冰。'鲁遽说：'这只是用阳气于阳气，用阴气于阴气，不是我所说的道。让我来向你展示我的道。'他给两把琵琶调好音，一把放在大厅，一把放在内室。在一把琵琶上弹奏宫音，另一把琵琶上也会响起宫音。角音也是一样，因为乐器之间是协调一致的。然后他对其中一把琵琶进行了重新调音，使它与五个主音完全不合。当这把琵琶演奏时，另一琵琶琴弦的二十五个音响起，与这把琵琶琴弦的音完全一致且均跟随这把琵琶的音而起。那么，如果你坚持你是正确的，那不正是如此吗？"

惠子说："孔子、墨子、杨朱和公孙龙的弟子想要跟我辩论，每个人都想击败其他人，每个人都想用各种辩论的声音猛烈地压倒我——但是他们都没能成功。这个你怎么看？"

庄子说："齐国有人将儿子卖到宋国做看门人，

从不担心儿子有任何差池。但也正是此人却竭尽全力去保护他的钟铃。但是他不会跨过他自己国家的边界去寻找他的儿子，这就是他所理解的有价值的事。或者，那个著名的人物，身体残废作看门人的楚国人，要是他半夜在另一个国家想要跟一个船夫打架会怎样呢？结果是他绝对过不了河，只能惹得船夫生气。”

……

惠子和庄子辩论，说：“你说的话没用！”

庄子说：“你只有明白了何为无用，才能讨论何为有用。天地是大，可是人类也只能使用他们行走于其上的那宇宙的一小部分。即便如此，若是你在自己脚下深挖不止，直到黄泉，谁又能从中受用呢？”

惠子说：“没用。”

庄子说：“因此，的确如此，没用的显然是有用的。”

庄子继续说：“如果有人渴望去旅行，什么才能阻止他呢？要是有人不愿去旅行，那么什么才能鼓动他呢？不论是在随波逐流中隐藏自己，还是远离人群以寻求遗忘，都不能通达得道。他们踉跄跌倒，却无法恢复从前。他们走向毁灭，如火焰一般，从不回头。即便他们是君主与群臣的关系，也会成为过去。这些头衔随时代变化，便无贵贱之分了。人都说完美之人行动从不留痕。

“尊古蔑今，学者皆如此。即便狶韦氏的弟子，就算他们以同样的方式看待当下，也会被不分好歹地清除。唯有完美之人能够处世而不偏颇，追随他人而不迷失自我。他不吸取他们的说教，他只是听了且懂了，不作任何承诺。

眼睛锐利才能看得清楚；
耳朵敏锐才能听得清楚；
鼻子灵敏才能辨别味道；
嘴巴敏锐才能享受美味；
内心感受深刻方有智慧；
智慧深入骨髓便是道德。

“万有之中，道不会被阻塞，因为若受阻，便透不过气；若透不过气，便产生混乱。混乱则毁灭万物的生命。凡活着的都要呼吸。可是，若无法呼吸，也不能怪天。天日夜不停地寻求气息在身体中运行：是人在妨碍气息运行。子宫要有它的空间，心要有属天的旅程。要是房间不够大，婆媳之间将起争执。要是心不能在天际遨游，感觉的六种开端会彼此竞争。大森林、丘陵和山脉在精神上都胜过人类，因为它们是不可战胜的。

“道德满溢，会造就名声；追求名声的欲望过度，就只是过度。有危机，才有谋划；有争论，才有知识。顽疾让人痛下决心，正式的行动产生于万物的欲望。春天到了，雨水会伴着阳光而来，草木蓬勃生长，人们又一次准备好收割的工具。曾经倒下的，又有一半开始发芽，没有人知道到底是为什么。

安静对于病人有疗效；
按摩对老人是有益的；
静静的沉思能让忧伤之人平静。
确实，只有不安之人需要这些。
不受困扰的自在之人却不需要。
圣人革新天下万物，可神人从不询问其方法。
贤人改善他的时代，可圣人从不询问其方法。
君主治理他的国家，可贤人从不询问其方法。

小人总是将就应付，可君主从不询问其方法。

“演门的看门人父亲过世，他因施加于自身的极度苦行而受到赞扬，被授予模范官员的称号。这个地方的其他一些人也采取了类似极端的行为，结果死了一半的人。尧要将国家让给许由，许由就逃跑了。汤要将他的王国让给务光，务光大发脾气。纪他听说此事，便和他的弟子隐退到窾水边，三年里当地的诸侯都来表示对他的同情。也因同样的原因，申徒狄纵身跳入黄河。渔网用于捕鱼，可是得了鱼之后渔网就被忘记了。兔网用来捕兔，可是捕得了兔子之后兔网就被忽略了。言词用来表达概念，可是一旦你掌握了概念就把言词遗忘了。我想找那忘记言词之人，这样我就可以和此人辩论了。”

……

庄子参加一个葬礼时路过惠子的坟墓。他环顾了一下跟随他的人们，说：“郢地有一个人将泥点弄在鼻尖上，那泥点如同苍蝇的翅膀一样小。他让人请来匠人石将其削去。石挥动斧子将其削去，斧子砍过去时造成一阵风，恰好将郢人鼻子上泥土的痕迹消除掉，郢人站着不动，心中毫不担心。宋元君听说此事便召匠人石来见他。

“他说：‘你能行好给我演示一次吗？’

“匠人石回答说：‘我确实曾成功过一次，不过可以让我施展的那个人早就已经死了。

“‘自从先生去世以后，我就没有合适之人来施展了。我再也没有可以谈话的对象了。’”

第六部分　马蹄

马有蹄，故四脚可以稳立于霜雪；马有毛，因此才能抵御风寒。它们吃草喝水，高跃飞奔，因为这是马的天性。即便给它们高塔大殿，它们也不会感兴趣的。可是，当伯乐问世后，就说："我知道如何训练马。"他为它们做标记、剪毛、削蹄，在头上套上缰绳，给它们戴上笼头，使它们步履蹒跚，并将它们关在马厩里。如此，十匹马中至少有两到三匹会死掉。然后他让它们挨饿、口渴，让它们飞驰奔跑，教练它们步伐整齐。前怕嚼子和缰绳，后怕鞭子和鞭条；马因为这个已经死了一大半了。

陶工说："我知道如何使用粘土，塑成圆形好似圆规，塑成方形就如同用了矩尺一样。"木工说："我知道如何使用木材，要弯的，我就用模具；要直的，我就用准绳。”可是，粘土和木材的天性真的是要用圆规和矩尺、模具和准绳来塑造吗？但无论如何，一代又一代的人都说：“伯乐擅长控制马，陶工和木工擅长使用粘土和木材。”这倒是真的。而且那些治理世界的人们滔滔不绝地重复着同样的无稽之谈。

我认为真正懂得治理世界的人不是这样的。百姓有自然的天性，他们织布做衣服，耕作以生产食物。这是他们的基本道德。禀赋纯一，而不偏私，这叫作天然的放任。因而，在完美道德的时代，百姓行动稳重，眼神专注。这样的时代，山上没有道路也没有隧道，湖上没有船只也没有桥梁；万物同类而居，共处而生。鸟群和兽群不断增加，草木长高。在这样的时代，事实上鸟兽不用绳索便可让人带领着一起遨游，鸟巢也可让人自在地去观看。

在完美道德的时代，百姓与鸟兽共处，和万物共同分享这个世界。没有人会区分贵族和农民！完全无知但拥有永不消逝的道德；完全没有欲望，人们纯素朴实。纯素朴实，这就能保住人们的本性。可随后完美的圣人出现了，无休止地传布仁慈，努力施行公义，于是突然间所有人都开始疑惑了。他们开始过度关心音乐，对礼仪修修补补，因此整个世界都不安起来。如果纯正的本质没有如此被约束，他们怎么会最后反而要使用祭祀的碗呢？如果原始的玉石没有被碎开，怎么可能会被制成权利的标志呢？如果道和德——方式和道德 ——没有被忽视，仁慈和公义又怎么会被推崇呢？如果天性没有被遗忘，又怎么会发明礼仪和音乐呢？如果五色没有被混淆，又怎么会出现格式和设计呢？如果五音没有被混淆，它们怎么可能会被六律所取代呢？滥用真正的元素去制作人工制品是匠人的罪过。滥用道和德——方式和道德——来树立仁慈和公义，这是圣人的过错。

马在野外生存的时候，吃草喝水；高兴时，它们交颈摩擦。生气时，它们背对彼此互相踢踏。这就是马所知道的一切。如果套上马具被强制列队，它们学会了看向旁边、弯曲颈部、四处猛冲、努力吐出马嚼子、摆脱缰绳。马因此学到的知识和种种恶行事实上都是伯乐的过错啊。

第七部分　博学何用?

制作弓箭、十字弓、网罗等需要丰富的知识，可结果是鸟儿在困境中越飞越高。制作鱼线、圈套、鱼饵和鱼钩需要丰富的知识，可结果是鱼儿面对危险在水中四散而逃。制作陷阱、圈套和网罗需要丰富的知识，可结果是动物被惊扰，纷纷躲藏入沼泽地中。同样地，花言巧语、密谋策划、散播谣言、强词夺理、发起争论和表面妥协都需要众多才艺，可结果只能是人们变得困惑了。因此，天下万物之所以处于不安之中就是因为对于知识的追求。世上万物皆知如何寻求他们尚未掌握的知识，却不知如何寻找他们已经知道的。世上万物皆知非难他们所不喜欢的，却不知道非难他们所已经喜好的。这就是造成天下大乱的原因。这就像是：在上，日月的光明被遮蔽；在下，山川丧失了它们的力量；四时的天然运行遭到破坏。微小的昆虫，甚至是植物，无不丧失了它们的天性。这就是世界追求知识的后果。自三代至今，一直如此。善良诚实的人被忽视，懦弱奉承的人却受到推崇。无为而为的平静被弃绝，争吵辩论却备受追捧。正是这种无稽之谈让天下万物如此困惑起来。

……

人们太快乐了吗？若是事实，就会伤及阳气。人们复仇之心太重了吗？假若如此，就会伤及阴气。若阴阳二气都受损，四时更替会被打乱，寒暑平衡会被打破，终将危及人的身体！人们将不能在快乐和忧愁之间掌握平衡。这会让人们永不停息，东奔西跑，无目的地谋划，无理由或徒劳地旅行。结果是整个世界开始关注宏大的目的计划、野心和仇恨，随后就会产生盗跖、曾参和史鳍之徒。总之，虽然世界可能想要奖赏善人，却没有足够多的奖赏；世界也不能惩罚所有的恶人，因为没有足够多的惩罚。

……

因此，君子若发现治理世界必须按照某种方法，便会意识到无为而为就是最好的方法。做到无为，他便可以安身于自然和天命的真实本质之中。如果他像珍重自己的身体一样治理世界，那么世界便可由他来治理。如果他像爱自己的身体一样爱世界，便可将世界交付给他。如果君子能够使其五官免遭毁坏，当然还有他的视野和听觉；如果他可以像死尸一般静处，而开发他的龙之力量；如果他能如此保持平静，他的话语将如雷鸣，他的行动将被视为天之灵在行动，是受天的指引。如果他从容自在、无为而为，他那温和的灵魂会将万物引向他，如尘云一般。如此之人怎么还会有时间来治理世界呢？

……

云将乘着旋风之翼，到东方游历。突然他碰到鸿蒙，鸿蒙正跳来跳去，拍着大腿像鸟儿一样跳跃。云将看到此景，停了下来。静静地站着，心怀敬意，他问：“老人家，您是何人？在做什么呢？”

鸿蒙继续拍着大腿像鸟儿一样跳跃，答道：“正玩得高兴呢!”

云将说:“我想请教一个问题。”

鸿蒙看着云将说:“不知羞耻!”

云将说:“天的气息不再和谐，地的气息也落入圈套，六气不再混合，四时不再更替。现在我想聚合六气而赋予万物生气。我该怎么办呢?”

鸿蒙拍着大腿，四处跳跃，说道:“我不知道，我不知道!”

这个问题云将无法继续问了。可是三年后，东游时，他路过宋国的郊野，再次碰到了鸿蒙。云将非常高兴，快步走向前去，站在他面前说:“天哪，您还记得我吗?天哪，您还记得我吗?”他两次叩首，请求鸿蒙为他指点。

鸿蒙说:“四处遨游，却不知道为什么。鲁莽冲动，却不知道到哪里去。我就是这样古怪地四处遨游，我明白万物产生皆有因。我又知道些什么呢?”

云将说:“我也是鲁莽冲动的，可是我到哪儿人们就跟到哪儿。现在，因为他们都跟随我，我就想得到您的指教。”

鸿蒙说:“破坏天道扰乱了万物的真正存在，妨碍了天之奥秘的圆满。这导致了动物四散，鸟儿整夜鸣唱，庄稼和树木遭殃，连昆虫都受灾毁灭了。

唉，所有这些都是由于人们错误地认为他们懂得治理之道而引起的呀！”

云将说：“那我该做什么呢？”

鸿蒙说：“哦，就让他们痛苦吧！就像鬼魂，我要像鬼魂一样跳着舞离开了。”

云将说：“我很难见您一面，哦，天哪，就再给我些指点吧。”

鸿蒙说：“咳！要强大你的心。确保无为而为，万物自然就会化生。丢下你的躯体，放弃你的视力和听力，忘记你是谁，与那浩瀚和虚无合而为一。放松内心，解放心灵，如同没有灵魂一般平静。所有生灵会返回它们的本元，不知所以地返回它们的本元。一直处于黑暗之中，一直处于黑暗之中，在它们整个存在期间，永远不能摆脱。如果你努力去理解，它们就会摆脱。不要问其名，不要寻其形。如此万物自然而生。”

云将答道：“天哪，您以此品德让我受宠，以此神秘让我受教；我一生所求，现在终于得到了。”他两次叩首后起身，告辞而去了。

第八部分　无为之为是谓天

是故圣人冥思于天却并不辅助天。

关心如何完善道德又不为其拖累。

他们依道而行而不谋划。

他们行仁慈却不依赖它。

他们广施公义却不欲加积累。

他们遵守礼仪却不借此厚积。

他们为不得不为之事，并且绝对不会逃避责任。

他们尽力适用他们的法律但并不认为它们有效。

他们重视百姓，不会随便使用他们。

他们利用万物，不会轻易拒绝它们。

没错，万物虽无用但必须加以利用。

谁不明白天，谁就无法在道德上保持纯粹。

谁不理解道，谁就不能理解任何其他方法。

那些不明道的人，可悲啊！

可是这里的道又是什么呢？

有天之道；

有人之道。

无为而让人尊敬：是天之道。

反过来积极有为：是人之道。

天之道才是君主；

人之道只是仆人。

二者间相差犹如两极。

不能不对此深思熟虑。

……

天与地虽然都广阔无垠，

其多样性却只源于一处。

尽管生命形式成千上万，

它们的秩序却是一致的。

我们人类虽然数量众多，

却只受一个君主的统治。

他根于道德，完美于天。

人们说在很久很久以前，
天下万物的君主统治靠：
无为、天道，别无他物。
……
通过无为而有所作为是谓天。
有关于无为的言论是谓道德。
爱众人并助其成功是谓仁慈。
联合那尚未联合的是谓伟大。
超越各种障碍边界是谓宽容。
拥有大量丰富之物是谓富有。
拥有并能坚守道德是谓纲领。
成长直至道德成熟是谓坚定。
与道始终保持一致是谓完满。
拒绝让外物困扰你是谓完美。

君子如果清楚地明白这十个道理，他的事业也将是高尚的，他的行为终将造福万物。

这样的人会让金子留在山中，
还会让珍珠继续待在深渊里。
他不视金钱物品为真正的利，

也不会为名望和财富所诱惑，
不会以长寿为乐，夭亡为悲；
他不重视财富，以财富为福，
也不会因为贫穷而感到羞耻。
他不求将天下财富占为己有，
也不愿统治世界而据为私有。
他的荣耀在于明了万物一体，
死亡和出生也是相互统一的。

圣者大师说：

“道，多么深奥，多么安静；
多么明白，又多么纯净啊！
没有它，金石都无法共鸣。
虽然金石自身都可以发声，
但如果不敲击，就没有声。
万物皆有无法计量的维度。”

……

谆芒说：“什么是圣人治理之道？只委任那些与

职位相适宜的人；只根据被任命之人的价值来任命；只在充分了解情形之后再采取行动。如果行为和言语相一致，整个世界都被改变。结果是，只要手一挥或者一个眼神，全世界的百姓都会奔向你。这就是圣人治理之道。”

“我能请教什么是有德之人吗？”

“有德之人安静无思：
行动之时没有谋划；
不测算是非与善恶。
有德之人与四海内
所有人分享其所得，
并能从中获得乐趣。
他们分享所拥有的，
并且因此感到满足。
悲伤时，他们就像
是失去母亲的孩子。
疑惑时，他们就像
是迷了路的旅行者。
虽大量财富与安逸
被降福到他们身上，

他不知其从何而来；
虽吃喝充足而有余，
他不知其从何而来。
此有德之人的风格。”

“那么神人又当如何？”

谆芒说：

“灵魂上升至最强之光
而他们的身体消失了。
他们荣耀般欣喜若狂。
他们活出自己的命运，
始终追求真正的自己，
处在天地的快乐之中，
而种种忧虑都消逝了。
万物复归其真正天性。
这被人称为最初奥秘。”

……

运行时毫不积聚，这就是天之道，
因此一切生命形式都能实现完美。
运行时毫不积聚，也是帝王之道，

所以全世界都将臣服于他的脚下。

运行时毫不积聚，还是圣人之道，

因此四海之内的一切都尊敬他们。

明了天，理解圣人，遨游于宇宙，

遵守帝王君主道德的同时做自己：

这就是那些能够了悟的人的天性，

看似毫无所知却是处于静止而已。

圣人是不活动的，不是因为不活动有什么价值，他们只是静止不动而已。即便众人也不能使他烦恼，因此他们是平静的。水面静止时，能够将你的眉毛胡须都映照出来。水面完全水平，都可以作为木匠的水平仪。如果静止的水面能够如此清明，想象一下纯净的灵魂可以提供什么吧！圣人的心是静止的！天地可以映在其中，好比万物之镜。虚空、静止、平静、朴素、寂静、安静、无为，这是天地道德的核心。帝王、君主和圣人皆止息于此。止息，他们才虚空；虚空，他们才能充实；充实才能圆满。虚空才有清定；在清定中他们可以旅行；在旅行中他们到达。静定，就能够无为；无为，任事者就各有专责了。通过无为之为，他们高兴，很是高兴；高兴到不受任何担心忧虑的影响，完全没有它们的一席之地，因此他们的寿命持续很久。虚空、静止、平静、朴素、寂静、安静，无为之为是万物的根本。如果你明白此理而去南面临朝，便是尧一般的君上；如果你明白此理而去北面朝君，便是舜一般的臣下。

……

庄子说：

> 我的老师啊！我的老师啊！
> 他评判万物却不感觉到自己爱批评；
> 他的慷慨及于万世却不以此为仁慈；
> 他比最古老的还长寿却不自视年长；
> 他覆天载地创造众生却不自认灵巧。
> 这就是所谓属天的幸福。

“有一种说法：‘如果你知道天的幸福，那么你就明白生命自天来，死亡只是万物的变化。静止时，他们是阴，而运行时，他们是阳。’知晓属天的幸福意味着你不得扰乱天，也不得与他人作对。你不为外物所累，也不受鬼神责谴。还有一种说法：‘他随天而动，与地同憩，他的心为一，他是全世界的王；

鬼神不能使他担忧，他的灵魂不知疲乏，他的心与所有生灵为一。’意思是说他的虚空和静止进入到天地万物之中，与万物一同运行。这就是属天的幸福。属天的幸福是圣人的心；这就是他们照看天下万物的方法。”

帝王君主之德以天地为父母，以道德为师，以无为作为核心。通过无为之为，他们能让全世界随其所愿而不知疲倦。通过作为，他们甚至无法开始满足世界的需要。因此古人重视无为之为。

……

因此，世上古代的君主虽对天地了如指掌，却从不谋划；即便他们了解生命的全部，他们也从不说出来；尽管他们的能力比四海所环绕的土地上任何一个人都大，他们却什么都不做。

天什么都不生产，
可万物都在变化；
地什么都不维持，
可万物都被供养；
帝王和君主无为，
却能治理全世界。

有一种说法就说：

没有比天更崇高，

没有比地更富足，

没有比帝王更加伟大的了。

……

因此，是古人清晰地掌握了伟大的道，率先追寻天的意义，然后又寻求它的道和德的意义。

当他们清楚明了道和德时，

他们就懂得了仁慈和公义。

当他们清楚掌握仁与义时，

他们能明白如何履行义务。

当他们知道如何尽义务时，

他们就懂得了形式与名声。

当他们理解形式与名声时，

他们就有能力任命职位了。

当他们有能力进行任命时，

他们进而监督人们的工作。

当他们监督人们的工作时，

他就要对善与恶进行评判。

当他们作出了善恶评判时，

他们就要进行惩罚和奖励。

……

从前，舜对尧说:“作为天子，你如何用心?”

尧说:“我不会怠慢那毫无抵抗之人，也不会忽视那贫穷之人。我为那死者哀伤，并照看孤儿寡母。这就是我的用心之道。”

舜评论说:“好倒是好，但还不够开朗。”

尧说:“那我该怎么做呢?”

“天德发现之时，山峦为之高兴，日月为之闪耀，四季交替运行。日夜交替的常规模式随即产生，雨云也应时而动。”

尧说:“那么我一直以来所做的一切只是徒增烦扰啊!你寻求顺从于天，而我却一直寻求符合于人。”

……

孔子向西而行，打算将其图书藏于周的档案室里。子路建议道：“我听说掌管皇家档案室的官员是老子。但是他已经辞职回家了。先生，如果你想把你的书放在那里，就去见见他，请求他帮帮忙。”

孔子说：“好。”于是他就去见老子，但是老子拒绝帮忙。于是他就拿出他的十二经，开始说教。

当他说到一半时，老子说：“说得也太多了。简要一点。”

孔子说：“从根本上说，就是仁义。”

老子说：“我可否问你，仁义不正是人的本性吗？”

孔子说：“当然。如果君子没有仁，他就没有目的；如果没有义，他就没有生命。仁义，的确是人的天性。不然还能是什么呢？”

“我可否问你，什么是仁义？”

孔子答道：“万物一体，内心平和，兼爱万物，毫无私心，这就是仁义。”

老子说：“其实，你所说的本身就让人误解。‘兼爱万物’，这么说既含糊不清又夸大其词！‘毫无私心’，这难道不是已经有私心了吗？先生，如果你想让百姓保持淳朴，你难道不应当依靠天地之道吗？

天与地各自都有其永恒不变的区域；

太阳和月亮在它们的轨道上发着光；

星辰在其秩序允许的范围之内运行；

鸟与动物在鸟群和兽群中找到归属。

想想那井然有序各自站立的树木吧！

“因此，先生，遵循德行走，按照道前行，你就会抵达完美的终点。又何必靠着所有这些仁义，一路昂首阔步，就像敲着鼓去寻找一个丢失的孩子？先生，你只是扰乱了人们的天性而已！”

……

老子说：

“道不会在大事物前踌躇，

也不会丢弃那小的事物。

故万物因道而焕发生气。

它那样巨大，那样浩瀚，

没有什么是它不包容的；

它那么高深，那么叵测，
超出了可以思考的边界。
道德形式寓于仁义之中，
尽管只是其精神的一瞥。
除了完美之人谁能理解？
完美之人掌控他的时代，
有点令人畏惧的任务啊！
但这不会愚弄或困住他。
他拥有掌控世界的权力，
但这对他来说无足轻重。
他所有的谬误皆可洞悉，
却从来不计算个人得失。
他直达问题的核心并且
懂得如何保护真理之本。
因此，天地皆在他之外，
他遗忘万物，精神抖擞。
他与道同行，与德相合，
与仁义告别，遗忘礼乐，
因为完美之人早将自己
的心安放在了真理之上。”

这一代人认为在书本中能发现道的价值。但是书本只是语言，语言有了意义才有价值。意义就是不停地寻求表达语言无法传达的意义。这一代人看重语言并将其载入书中，但是他们所看重的可能只是误解，因为他们所看重的不一定全都是那么有价值的。所以，我们用眼看事物，看到了，但也只是外在的形式和颜色，我们所听的也只是名称和声音。这一代人还想象着形式、颜色、名称和声音就足以认识事物的根本，多么可悲啊！形式、颜色、名称和声音绝不足以把握或揭示真理，这就是为什么说知者不言、言者不知。可是，这一代人如何才能明白这个道理呢？

➻ 第九部分　天在动吗?

天在动吗？地静止不动吗?
日月会争执该去往何处吗?
谁又是所有这一切的主宰?
是谁在约束和控制着它呢?
谁会无所事事造就这一切?
是否存在某个隐藏的原因
让万物如此，不管其意愿?
或者是不是只是别无选择
万物才不得不运动和改变?
云为雨生还是雨使云聚呢?
是什么使它们存在？是谁
无为却能造就这快乐满溢?

风从北面吹来，西奔东跑，

旋转而上，不知去向何方？

它们是谁的气息呢？是谁

无为却能创造这一切活动？

……

桓公正坐在堂上读书，车匠扁在堂下制作车轮。他放下自己的凿子和锤子，来到堂上问桓公：“我可否问您，先生，您读的是什么言论呢？”

桓公答道：“圣人之言。”

“这些圣人都还活着吗？”

桓公说：“他们都死了很久了。”

“那么，先生，您读的不过是这些古人留下的糟粕罢了！”

桓公怒斥：“你一个车匠，怎敢对我读的书评头论足！要是你能说出理由便罢，要不然你就得死！”

车匠扁就回答说：“陛下，小人我是从自己工作的角度来看的。当我做轮子的时候，如果我用力过于柔和，尽管这样会很舒适，但是不会作出好轮子。如果我用力过猛，我就会疲倦，作出来的也不会成功！所以，不能太柔和，也不能太用力，我在手上把握，在心里把持。我嘴里说不出来，但我就是知道。这个我无法教给我儿子，我儿子也不能从我这里学会。因此，七十年来我一直沿着这条路前行，现在我还在做轮子。古人死时便跟他想说的话一同离开了。这就是我为什么说陛下您在读的仅仅是这些古人留下的糟粕而已！”

……

孔子虚度了五十一年，从未听任何人说起过道，直到他南下来到沛地，前去拜见了老子。

老子说：“你来了啊，先生？我听说过你，说你是北方的智者。先生，你理解了道了吗？”

孔子答道：“我还没有理解呢。”

“好吧，先生，你于何处求道的呢？”

“我是在那可以被衡量和规定的内容之中寻求的，可是虽然花了五年时间，我还是没能够找到。”

“那么，先生，你接下来怎么做的呢？”

“我又于阴阳之中寻找，但是十年、十二年过去了，我仍然不能有所发现。”

老子说：“当然了！如果道可以被进献的话，人人都会向其君上进献了。如果道可以被进奉的话，没有不向其父母进奉的。如果道可以被言说，没有人会不告知其兄弟姐妹。如果道可以被传递，没有人会不传给他的后人。可是，道显然不是这样的，理由就是：

如果心中没有一个真正的中心
来接受它，那么道不可能停留；
如果心外没有一个真正的方向
来引导它，那么道不可能传达。
如果心中那真正的中心不能够
向外发散，就无法在外有所得。
可即便圣人也无法将它引出来。
如果那从外面进入内心的事物
在真正的中心不被欢迎，那么
就算圣人也不能就放手不管了。”

……

孔子去拜见老子，跟他谈论仁义。老子说：“如果你簸扬糠皮时眼睛里进去了沙砾，天地和四方都要变得混乱了。蚊虻叮咬会让你整晚无法入睡。仁义呢，如果强加给我们，会扰乱我们的内心，造成极大的不安。先生，你如果想让天下万物免于丧失其最初的质朴，你必须随风而行，坚定地立于道德之上。你为何如此用力，如同敲着大鼓去寻找丢失的孩子？那雪白色的鹅无须天天洗澡去保持洁白，那乌鸦也不必天天染色来保持乌黑。黑与白源自天然的质朴，而不是靠争辩。名声和财富，即便得到了，也不能让人们更伟大。当水域干涸时，鱼儿搁浅在陆地上，它们挤在一起，尽量通过吐沫打湿彼此来保持湿润。但是，如果它们能安全地待在江湖之中而忘记彼此，这样岂不是更好吗？”

拜见完老子后，孔子回到家中，整整三天一句话不说。他的弟子问他：“先生，您见过老子了，请问您如何看待他呢？”

孔子说：“我终于见到了龙！龙盘绕以现形，伸展以展示力量。它驾着云气，在阴阳之中滋养。我只有张大了嘴不能合拢。关于老子我又能说什么呢？”

……

古人虽然谈论得志，但他们并不是指官家马车和职位徽章。他们仅仅是指幸福是如此完满，无须增加任何东西。今天所谓得志是指拥有官家马车和职位徽章。马车和徽章作用于身体，它们不能碰触到内在的天性。这样的好事可能会不时地出现。当它们发生时，你无力阻拦，就像你也不能制止它们会再次离开一样。所以，拥有马车和徽章，我们也没有理由骄傲自大，同样，痛苦和穷困也不是我们沦于世俗的理由。将这两种情形看作是一样的，那么你就能够免于焦虑、顺其自然了。因此，如果那给你带来幸福的事物在消逝时给你带来烦恼，现在你就能明白这样的幸福是毫无价值的。所以说，那些在物质的欲望中迷失自己的人也会因为世俗而丧失内在的天性。他们被称为本末倒置之人。

↣ 第十部分　真实与幸福

秋日洪水的时节到了，一百条河流涌入黄河。河水翻腾，水面如此宽阔，从河岸望向对面，连牛马都不能分辨得出。此时，黄河之神毫无疑问很高兴，认为世界上最美的东西是属于他的。他顺流而下，向东而行，最终到达了北海。在这里他朝东望去，水域一眼望不到边。他这个黄河之神只得摇摇头，向外望去时刚好看到海神若，于是边叹气边说：

“俗话说：‘一个人自以为听了一百次道后，其他人就都比不上他了。’这说的就是我呀。我听说过人们嘲笑儒家的学识，轻视伯夷的公义，但是我不相信。现在我见识到了你无穷的广阔。要是我没有来到你的门前，我可能就危险了，会被那些懂得伟大方法之人嘲笑的。”

北海的若答道：“井底之蛙不能谈论大海，因为它被井的空间所限制。夏日的昆虫不能谈论冰，因为它只知道自己所属的季节。视野狭窄的学者不能谈论道，因为他被他的学说所限制。现在你已经走出了你的河岸并看到了大海。你现在知道自己的浅陋了，所以现在和你谈论大的道理也是可能的了。天下没有比海更广阔的水域了。千万条河流注入它，到目前所知从未终止过，可是它绝不会满溢。它向尾闾的里面注泄，但是海从未干涸。春天和秋天不会有任何变化。它从不关注洪水或干旱。它比长江和黄河的水加起来还多得多，根本无法估量。可是我从未因此而自以为了不起。我只是把自己跟天地相比较，我生命的气息自阴阳之中获得。与天地相比，我仅仅是大山上的小块石头或一棵小树。当我看到了我自己的浅陋，怎么可能还会骄傲呢？

“四海所充满的空间与天地之间的广阔比起来，不是像沼泽旁边的一堆石头吗？将中国与四海之内的大陆相比，不是像谷仓之中的一粒粮食吗？说到所有生灵，我们可以数出成千上万种，人类只不过是其中之一。人们居于九州之内，不论舟船可以通到哪里，人类也只是谷物所供养的所有生灵中的一部分。人类与众多生命形式相比，不就像马身上的一根毛吗？”

……

黄河之神说：“这个时代的议论者说：‘最精微的东西没有形体，最广大的东西无法限定。’这些话是真的吗？”

北海的若答道：“从最精微者的角度来看，我们看到那浩瀚广大的，不能够理解它。从最广大者的角度来看，我们要看那最精微的，就不可能看清楚。最精微的是那小的之中最小的，最广大的是那大的之中最大的；我们必须加以区分，即便这只能视情况而定。不过，那粗糙的和那精微的都有形体。没有形体，就不可能去计算它们。可以言说的是事物粗糙的一面，能够用意念捕捉的是事物精微的一面。但是那言语无法描述、意念也无法捕捉的，就与粗糙和精微毫不相关了。

“因此，伟大的人，在他的行动之中，不会去伤害别人，也不会宣扬仁义；他不会为了利益而行动，也不看轻门前的仆人；他不会争夺财产和财富，也不会过多表示礼让；他不请求别人的帮助，不夸耀他的自力更生，也不鄙视贪婪和吝啬之人；他不随波逐流，也不标榜特立独行；他追随众人，但不看重那靠谄媚获得成功的人。世间的头衔和荣耀，他不感兴趣，他也不在乎惩罚的羞辱。他知道，是与非、伟大与渺小都没有分别。我听有人说：‘得道之人没有名声，完美之德没有所得，伟大之人忘记自我。’多么完美，这就是他所遵循的道路。”

黄河之神问道：“不论是内在的还是外在的，我们怎么就有贵贱这样的区分？我们为什么要区分渺小和伟大？”

北海的若说：“从道的角度来看，事物既不高尚也不低劣。从事物的角度来看，万物皆视自己为高尚而视他物为低劣。从日常观念的角度来看，高尚和低劣都不是从个体事物的角度被理解的。考虑到不同的观点，某物如果因为它大的方面而被视为大，就意味着：众多事物中没有一个不能被视为是大的。同样，如果某物因为它小的方面就被视为小，那么万物都能被视为小。若我们知道天地就像一粒米那样小，或者发尖如同山脉绵延那样广大，那我们就明白了我们对大小的理解是相对的。从每个事物的功用角度来看，我们将某物视为有用是因为它有用，就意味着，在所有的为数众多的事物之中，每个事物都可以被视为是有用的。同样的，如果某物被视为无用只是因为它看似无用，那么万物均可被视为无用。如果我们知道东和西是相反的方向，而且还彼此需要，那么我们就能明白相互交流和相互作用是如何起作用的了。从选择的角度来看，如果某物被看作是好的是因为它毫无疑问是好的，那么在所有的为数众多的生命之中，没有什么是不好的。同样，如果某物被视为是错的是因为它毫无疑问是错的，那么没有哪个生命形式不能被视为是错的。”

……

“安静，安静，黄河之神！你如何能知道通往高贵或者卑贱的途径抑或伟大或渺小所在之处？”

黄河之神说：“好吧。那我能做什么，不能做什么呢？我怎么才能判断什么该保留、什么该拒绝或者什么该向往、什么该离弃呢？”

北海的若说：“从道的角度来看，何谓高贵、何谓卑贱，都只是永不停歇的变化。不要执著于你的想法，因为这是跟道的伟大相背离的。什么是少、什么是多，这些说法的用处是有限的。不要试图只是成为哪一个，这只能是凸显你偏离道有多远。要像毫不偏私的一国君主那样严肃端正。要高尚，像当地社神一样，人们供奉他，他赐福毫不偏私。要像天空一样开放，四方光亮而没有边界。你若慈爱照料万物，又怎么能偏爱哪个呢？这称之为不偏不倚。若视万物为一体，你又怎么能论及长短呢？道无始无终，但所有生灵皆有出生和死亡，所以你不能确信什么。这一刻它们是空的，下一刻就满了。它们是不能依靠的。时光不能倒流，也不能停止。衰退、成熟、充实和空虚，当它们结束后，又会重新开始。所以，我们可以谈论伟大的义，讨论万物的根本原则。生命力急速向前飞驰，不停地加速，每一刻都在改变，每一分都在变迁。至于说，我们应该做什么和不应该做什么？只有紧跟这变化的过程。”

黄河之神说：“如果是这样，那么道又有什么重要的呢？”

北海的若答道：“理解道就理解了原理。如果你理解了原理，当事情发生时你就知道该如何处理。知道了这个，你就能保证不会发生伤害自己的事了。如果有人具备完美之德，火不能伤害他，水也无法溺死他，寒冷酷热都不能影响他，鸟兽也不能伤害他。既然我说他避开了所有这些事情，只是说他能够分辨哪里是安全的、哪里是危险的。他自在应对祸与福，妥善处理要接近或避开什么，因此没有东西能伤害他。所以说，天是内在的，人是外在的，而德来自属天的。了解了天和人的行动，将自己根植于天之中，依德行事。然后你就能弯曲、伸展、前冲或后退，因为你总能回归根本，人们会说你已经达到至高了。”

“那你说什么是属天的？什么又是属人的呢？”

北海的若说：“牛有四脚：这就是我所说的属天的。如果马被戴上笼头，牛鼻被穿孔，我称此为人道。所以说，‘不要让那属人的取代那属天的。’不要让你的意图抵消天命。要小心，保护好它，不要丧失了，这就是我所谓的回归本真。”

一条腿的动物嫉妒千足虫；千足虫嫉妒蛇；蛇嫉妒风；风嫉妒眼睛；而眼睛嫉妒心。

一条腿的动物对千足虫说：“我有一只脚，虽然可以跳跃但几乎哪也去不了。可是先生你却有这么多的脚。你是如何做到的呢？”

千足虫说：“那可不一定。你难道没见过有人吐痰吗？吐出来一大团，紧跟着一堆唾沫星子，像小雨一样落下来，数都数不清。现在我只是发动那属天的机能，至于其他的——我没啥头绪！”

千足虫对蛇说："我用所有这些脚随处走动，可是我却不能追上你，而先生你却一只脚都没有。为什么会这样？"

蛇说："我是按照天的设计移动的，这我怎么控制得了呢？我能用脚来干什么呢！"

蛇对风说："通过活动脊椎和肋骨，我才能前行，可至少我还有些可见的形体。可是先生你呢，从北海飞驰而来，向南海消逝而去，没有任何可见的形体。怎么会这样？"

风说："没错，我从北海飞驰而来，向南海消逝而去。可是，事实上，若你用手指挥我，你就比我厉害，或者你用脚践踏我，你也能赢我。不过，我能刮倒大树，刮塌大屋，倒也是事实；而且只有我能做到。因此，谁若能战胜所有小问题实际上就是大胜者。做到大胜的，只有圣人才能够啊。"

……

公孙龙问魏牟："我年轻的时候，学习先王之道，并且随着我不断成长，我清楚地明白仁义的重要性。我将同异合而为一，区分坚硬和白色、确定和不确定、可能和不可能。我努力理解百家哲学，驳倒他们的学说。我以为我已经明白了一切。可是，现在我听了庄子的言论，令我感到惊讶的是这些话让我感到不安起来。是我的知识不如他吗？或者是我的智慧不及他？我发现我都不能张口了，所以我想请教我该做什么。”

公子牟向前微倾，深深地叹了口气，然后仰天而望，笑着说：“先生啊，你难道没听说过破败老井中青蛙的故事吗？它对东海的乌龟说：‘我好高兴啊！我可以跳到井的壁沿之上，或者一路踏着破砖块跳入井中。当我跳入水中，我漂浮着，水托着我的下巴、两腿；在泥上，我可以把双脚深深地插入其中。我看着周围那些幼虫、螃蟹和蝌蚪，没有一个能比得上我的。能够完全控制一洼水，一点都不想动，只是享受这口老井，这太棒了！先生，你为什么不找个时间下来看看我呢？’

“东海的乌龟尝试了一下，但是它还没把左脚放入井中，它的右膝就被卡住了。这时候它停下来，曳脚后退出来，然后开始谈论大海：‘一千公里这样的距离不足以描述大海的长度，一千里格深也不足以表达其深度。在禹的时代，十年中有九年闹洪水，可是这也没能让海水升高一寸。在汤的时代，八年之中有七年闹旱灾，可是这也没能让海水降低一寸。

没有什么能改变这些水域，不论从长远来看还是从短期来看；它们不会减退也不会升高，不会变大也不会变小。这就是东海的大快乐。’破败老井里的青蛙听了之后，非常惊奇；它彻底震惊，目瞪口呆，怅然若失。

“如果一个人的理解力尚不能应对这样的知识和是非之争，他若坚持想看清楚庄子的言论，就如同那想要背起一座大山的蚊子或者那想跑得跟黄河水一样快的虫子，明显是不可能的。如果一个人的理解力尚不能应对这样的知识和如此微妙的言论，他所能做的也只能是获得一些短期的回报。他就像那破败老井里的青蛙，难道不是吗？但是庄子没有扎根在地下黄泉，也没有跳跃登上苍天。没有南、北之分：他自在分散于四方，消失于深处。没有东、西之分：从最黑暗的深处出发，他重返伟大的道路之上。那么，先生你感到震惊，就想要精选他的一些观点加以批判或者通盘查阅以便进行辩论。何苦呢，这就像是通过一根很细的管子来观察天或者用一只猫头鹰来探索整个大地。这样的工具太小了，不是吗？先生，你还是走吧！或者，可能的话，你难道没听说过寿陵的少年以及他们在邯郸发生的故事吗？没有学会那个国家的人们想要教给他们的东西，他们把在家里学到的东西也忘了，最后只得爬着回家了。因此，先生，如果你现在还不离开，就会忘记你早已知道的东西，在事业上就只有失败了！”

公孙龙张大了嘴，不能合拢，舌头顶在上颚动不了，根本放不下来，然后他就退出去，逃走了。

庄子有一天在濮河上钓鱼，楚王派了两个高级官员来拜访他，并带来了一条口信。口信说：“我想烦请你来治理我的国家。”

庄子一直紧握着鱼竿，说：“我听说楚国有一个神龟，已经死了三千年了。国王将其包裹密封起来，藏在了他的祖庙里。你说，这只龟是情愿死了龟壳被人们供奉起来呢？还是宁愿活着继续在泥中爬行呢？”

两位高官说：“它宁愿活着继续在泥中爬行。”

庄子说：“那么，回去吧！我愿意继续在泥中爬行！”

……

庄子和惠子一同在濠水的堰堤上散步，庄子就说：“你看到鱼儿是怎样跃出水面、随心所欲地游来游去了吗？这就是鱼真正的快乐。”

惠子说：“你又不是鱼，你如何知道鱼喜欢什么？”

庄子说：“你又不是我，你怎么知道我不知道鱼喜欢什么。”

惠子说：“我不是你，所以我肯定不知道你到底知道什么。不过，很显然你也不是鱼，你必然也不知道鱼真正喜欢什么。”

庄子说：“哎，如果你不介意，还是让我们回到你最开始的问题吧。你问我如何知道鱼真正的快乐到底是什么。因此，你问这个问题的时候，你已经知道我是知道的。而且我也是因为站在濠水的堰堤上才知道的。”

……

在这广阔的全世界，有没有可能在某处能拥有完美的幸福？有没有一种方法能够让自己保持活力？现在，能做什么，又能相信什么呢？应该避免什么，又应该坚持什么呢？应该追求什么，又应该放弃什么呢？幸福在哪里，罪恶又在哪里呢？

在这广阔的全世界，人们看重的是财富、职位、长寿和名声。

能够带来幸福的是美好时光、精美食物、华美服饰、漂亮景色和美妙音乐。

那受人鄙视的是贫穷、吝啬、夭亡和污名。

那被认作痛苦的是生活方式不能让自己得到休息、嘴巴从未品尝过美食、身上没有华美服饰、眼睛看不到美好景色、耳朵听不到美妙音乐。

那些富人疲于奔命地工作，获得的财富越来越多，超出了他们所需要的。故而身体只是被视作外物。

那些位高权重的人没日没夜地谋划思索下一步的行动。漫不经心地对待自己的身体。在生活之中不断地被焦虑所困扰。如果他们能活得长寿，到最后老态龙钟，忧心忡忡，精疲力竭：多么悲惨的命运啊！身体受到了残酷的对待。天下所有人都将勇敢的人视作值得尊敬的，可是这并不能使他们免于死亡。这是否是明智的，我怀疑我是不是知道。可能是吧，但这丝毫不能拯救他们。也可能不是，但这却能拯救别人。人们说："如果一个朋友不听你给他提的意见，那就放弃，不要争辩。"毕竟，子胥因争辩而丢了性命。他如果没有争辩的话，也就不会出名。可能真有善吗，或者根本不可能？

现在，当普通百姓意欲寻找幸福时，我不确定他们找到的幸福到底是不是幸福。我研究了普通百姓为了寻找幸福而做的事情和他们所奋力追求的东西，他们四处奔波，显然无法自拔。他们说他们幸福，而我并不幸福，但也没有不幸福。终究，他们拥有幸福了吗？我认为无为而为值得被称作幸福，尽管普通百姓视之为大的负担。所以说："完美幸福不是幸福，完美荣耀不是荣耀。"

全世界的人都不能评判孰是孰非。但可以肯定的是无为而为能判定是非。完美幸福是保持活力，而只有无为而为能有这个效果。因此我要说：

天凭其纯净无为而为，
地靠其平静无为而为。

因此，天地将其无为之为相结合，万物都发生改变，因此重新焕发生命！比奇妙还奇妙的是，它们凭空产生！所有生命都是神奇的，都产生于无为之为。有一种说法，就是天地无为而为，却没有什么是未完成的。人们之中，有谁能理解这样的无为而为呢？

……

支离叔和滑介叔在冥伯山一带和昆仑地区游览，黄帝也曾在这里停留。突然滑介叔的左肘上毫无征兆地快速长出了如柳条般的东西。他自然无比惊讶，而且还有点恼怒。

支离叔说："先生，你厌恶它吗？"

滑介叔说："没有，我又该厌恶什么呢？生命通过乞讨索取而存在；若生命靠乞讨索取而生，那么生命就像是一个垃圾场。死亡和出生就像早晨和夜晚。先生，让你我来观察这转变的方式吧，现在我就在转变。所以，我怎么能够厌恶呢？"

庄子去楚地看一个古代的干枯头骨，他用马鞭戳了戳，说："先生，你是因为走上一条不幸的道路，让你的父母和家庭蒙羞，结果才变成这样的吗？先生，或许是寒冷和饥饿让你变成这样子的？先生，又或许只是春秋的不断交替使你变成这样的？"

如此说着，他便把头骨拉过来当枕头，躺下睡着了。夜半时分，他在梦中看到那个头骨，对他说："先生，你说话喋喋不休，就像一个公众演说家。你说的每一个字都表明先生你是一个为生活所困之人。可生活与我们死人毫不相干了。你想听听一些关于死的言论吗，先生？”

庄子说：“当然。”

头骨告诉他说：“死人，在上没有君主，在下没有侍从。没有什么工作与四时相关，所以我们存在着，我们的春秋如同天地一样，永无止境。毫无疑问，这是南面称王的快乐都不能比的。”

庄子不相信，说：“如果我叫司命官让先生你起死回生，有身体，有血肉，还有同伴，这样你会不喜欢吗？”

头骨皱起眉头，面带忧容，说：“我为什么要放弃连做君王的快乐都比不过的幸福，重新变回负担累累的人类呢？”

……

孔子说：“你以前没听说过这个故事吗？很久以前，一只海鸟降落在鲁国的都城。鲁侯列队将它带至太庙，在那里为它演奏《九韶》的音乐，还提供献祭的供品。但是，这只可怜的鸟儿看上去只有困惑和迷失，一片肉都没吃，也不喝一杯酒，没过三天就死了。问题是人们用他们自己吃的东西而不是鸟儿吃的东西来喂养一只鸟。

“养一只鸟要让它活，就叫它生活在树林之中，在河岸和水湾中跳跃，在河湖之中浮游，吃泥鳅和小鱼，成群结队地飞翔或休憩，自由自在地生活。鸟儿不喜欢听见人声，更不用说其他一切噪音和烦恼了。如果你想取悦鸟儿而在它们栖息的湖周围演奏《九韶》的音乐，鸟儿一听到音乐就会飞走。如果动物听到了，它们也会跑开躲起来；要是鱼儿听到了，也会潜入水底以逃脱。也只有人，听到之后会聚集起来倾听。

“鱼生活在水中感到很满足，可是若要让人试一试，他们会淹死，因为不同的物种需要不同的、刚好适合它的环境。因此古代的圣人从未期待其他生物能给他哪怕是一次回应，也从未试图让它们与人类保持一致。名称不能过度延伸来囊括现实，观念也只应当在合适的时候应用，因为这样不仅是合乎情理的，也会带来好运。”

……

祭祖的祭祀看了看猪圈说：“死有什么不好的呢？我花三个月时间把你们养肥，然后我要经过十天的精神戒律，三天的斋戒，铺好白色的芦苇，把你们肩部和臀部的肉切成块，然后放在献祭的地方。你们对此肯定没有意见，是吧？”

可是，事实上从猪的角度来看，吃燕麦和麸皮，然后待在猪圈里，这样的安排会更好。从我的角度来看，活着的时候成为一名重要的官员受人尊敬，死后用马拉的灵车埋葬，躺在羽毛的床上。我会接受这样的安排！而猪才不屑于这样的生活呢，但我却会很满足，尽管我不知道为什么我观察事物会跟一头猪相差这么多？

↣ 第十一部分　把握生命的目的

如果你已经把握了生命的目的，试图把生命变成不是它原来的样子或者它不可能成为的样子是没有意义的。

如果你已经把握了命运的目的，试图通过知识改变命运是没有意义的。

如果你想照料好你的身体，首先要解决好物质资料，可是即便你拥有了你想要的一切事物，身体仍可能照料不好。

你有生命之后，你必须首先保证生命不会抛弃身体。但是，也有可能身体仍保持活力，可生命却不能维持。出生不能逃避，死亡又不能避免。多荒唐啊！看到世间的人们相信只要照料身体就能保全生命。可是，如果照料身体不足以保全生命，为什么全世界的人仍继续如此呢？照料身体可能是没有意义的，但至少也不能忽视，所以就不可避免了。

如果有人不想再做任何事情来维持身体，人们便建议他们摆脱这个世界，因为摆脱之后他们就能免于承担任何义务了。不用承担义务之后，他们便能变得正直平静了。变得正直平静之后，他们便能向其他人一样获得新生。获得新生之后，他们就接近道了。为什么摆脱世间的烦恼、忘记生命的目的是一个好主意呢？如果你摆脱了生存的困扰，你的身体就不会疲倦；如果你遗忘了生命，你的精神就不会受损。因此，若你的身体和精神和谐了，你就达到天人合一了。天地是万物的父母。天地合则创造形体，天地分则创造开始。身体和精神没有缺陷的，人们就说是有适应能力。加强了再加强，就可以返还本始去辅助天。

列子问看门人尹说："唯有完美之人可以在水下行走而不被淹死，在火里行走而不被灼伤，在众生万物间行走而不恐惧。我想问，完美之人是如何做到的？"

看门人尹答道："因为他保全了元气，而与知识、工作、坚持或勇敢没有关系。坐下来，我把一切都讲给你听。

“万物都有面貌、形体、声音和颜色：这些只是外表。这一点和那一点怎么就能彼此分离呢？甚至，为什么它们就应当被看作是万物之中最先存在的呢？它们只是形体和颜色而已。然而，万物都开始于那无形的，最后落入那无所变化的。

“如果你能把握并懂得这个道理，并能一以贯之，什么都不能阻挡你！也意味着你能居于没有限制的界限之内，退隐于没有开端的范围之中，漫游到那万物开始和结束的地方；整合本性，滋养元气，协调德行，沿着这条路径与万物的起源相通。这样的人坚守着天人合一的状态，他的精神没有缺陷，因此，什么都不能进入他的内心去攻击他！

“如果一个醉汉从他的马车上摔下来，就算是马车正跑得飞快，他也不会摔死。他与其他人没什么两样，都有骨头和关节，但他却不会受伤，这是因为他的精神是统一的。因为他没有意识到他在出行，也完全不知道自己摔了出去，所以生、死、惊恐和害怕都不能影响他，他只是突然遭遇了一些状况，没有焦虑或受伤。

“如果通过饮酒喝醉就能够保持精神统一，那么想象一下如果天人合一的话一个人能够怎样的精神统一啊！圣人退回到天的宁静之中，因此没有什么能够伤害他。即便是在外复仇之人，都不会折断敌人的剑。不论人们多么心烦，也不会对正好掉在他们身上的瓦片发脾气。我们反倒应当认识到天下万物都是统一的。因此，我们就有可能摆脱混乱、暴力和战争，还有严酷的惩罚和死刑，因为这就是道。

“不要在人之中去倾听那属天的，而要在天之中倾听那属天的，因为看重天德能够获得生命，而注重人性却会毁坏生命。不要丢弃那属天的，但也不要轻视人的方面：这样人们就能接近实现真理了。”

……

孔子在吕梁观光，在那里瀑布有近五十余米高，河水竞流一路长达六十余千米，水流得太快了，不论是鱼还是其他任何生物都无法在水里游泳。他看到一个人跳入水中，他以为这个人也许出于某种忧虑想要寻死，所以他安排他的弟子一路沿着河岸准备将他拉上岸。可是，那个游泳的人游了一百码后上岸了，若无其事地沿着河岸走，口里唱着歌，身上滴着水。

孔子追上他说：“我还以为你是个鬼呢，可是现在我看清楚了，先生你确实是一个人。我想问一下，你有水下游泳之道吗？”

他说：“没有，我没有道。我从我本来就已知道的出发，培养我的内在天性，剩下的就交给命运了。我随着水流进入水中，又随着浪花浮出水面，只是顺从水的道，并不自作主张。这就是我能在水里行动的方法。”

孔子说：“你说你从本来就已知道的出发，培养你的内在天性，剩下的就交给命运，这是什么意思？”

他说：“我出生在陆地上，在地上我感到满足，也明白我所知道的。我受到水的滋养，在水里感到安全，这就反映了我的内在天性。我不确定我为何要这么做，但是我肯定这是命运的安排。”

一个名叫庆的雕木工正在雕刻一块木头，要制成挂钟的支架，看过这个支架的人非常惊讶，因为它简直是鬼斧神工。鲁侯见了便问：“你的技艺是从何处学来的呢？”

庆答道：“我只是一个雕木工，哪有什么‘技艺’？但是，有一点我是确定的，在制作这个挂钟的支架时，我不让它损耗我的元气，所以我注意保持内心平静。斋戒三日之后，我就再也不想什么赞扬、奖赏、头衔或收入了。斋戒五日之后，我就再也不想什么光荣或责备、技巧或愚蠢了。等斋戒满七天，我就变得那样平静，连自己是否还有四肢和躯体都遗忘了。到那时，君上和他的朝廷在我的意识中就不存在了。我所有的精神都集中在一起，丝毫没有外在的担忧。随后，我就出发前往山中森林，探索树木属天的内在本性；一旦我发现了形状完美的木材，切实地看出它被制成挂钟的支架的潜力，然后就放手投入工作；要是看不到这种潜力，我就罢手不管它。如此，我就让那属天的与天相协调，或许因此人们才认为我的雕工如有神助吧！”

……

工匠倕能画得像用了直尺一般直，或者像用了圆规一般曲，因为他的手指能够顺应变化，他的心没有妨碍。因此，他的内心专一而没有阻碍。当你穿着舒服的鞋子走路的时候，你会忘记双脚。当你的腰带舒服合身的时候，你会把腰都忘了。当你的心满意前行的时候，智慧可以忘记是非。如果你对发生的一切心满意足，内心就不会有任何改变，也就没有什么会由外而生。从舒适满足出发，不经历什么烦心的事，就有可能知道什么是忘掉舒适的舒适了。

……

庄子步行穿越群山深处时看到一棵巨大、翠绿的树。一个伐木工在树边停下，但是没有砍伐这棵树。当被问及原因时，他说："这棵树没啥用。"庄子说："因为这棵树被认为是无用的，它才能享尽天所赋予它的寿命。"

庄子从山中出来后在一个朋友家里过夜。这位朋友很高兴，让他的儿子去杀一只鹅做菜。他儿子回应说："一只鹅会叫，一只鹅不会叫，你说该杀哪一只呢？"父亲答道："杀那只不会叫的。"

第二天，庄子的弟子就问他："昨天，山中有一棵树因为没用才能享尽天所赋予的寿命。现在，在你朋友家里，一只鹅因为没用而被杀了。老师，这事你怎么看？"

庄子笑着说："就我个人而言，我会在有用和没用之间找准一个位置。这个处于有用和没用之间的位置看似很好，但是我要告诉你们并非如此，因为麻烦还会找上你。而且，如果你想要登上道德之巅，就不是这样了。

没有确信，没有指引，
没有赞美，没有责备，
可以成龙，可以成蛇，
应时而动，只要得当。
时而向上，时而向下，
唯以和谐，做你向导，
遨游何处，万物源头。

“让万物顺其自然，但不可让万物只是把你当成一个物体，这样你就不会再陷入困境了！这也是神农和黄帝所选择的道路。不过，现在，由于物种数量众多种类丰富，再加上人类的道德规范，万物早已不是它们原来的样子！

联合只为了分离；
完成只为了崩塌；
锋利的刀刃变钝；
受提拔的被打倒；
雄心壮志被挫败；
智者被阴谋陷害；
愚蠢之人被欺骗。

“因此，能相信什么呢？我的弟子，只有道和德！”

……

孔子被困在陈国和蔡国之间，七天没有吃上热饭了。太公任前来慰问孔子，说：“先生，你认为你会死吗？”

孔子说：“当然。”

“先生，那你怕死吗？”

“当然。”

太公任说：“我想告诉你永生之道。在东海居住着一种鸟叫作意怠。这只鸟之所以意怠是因为心烦意乱又移动缓慢，心烦意乱又移动缓慢就跟没有力气一样，只有在别的鸟儿的帮助下才可以飞，而且总争着先回到巢里去。它们谁也不喜欢处在最前或待在最后，吃东西也不敢先尝。因此，这种鸟从来不单独飞，而鸟群之外没有谁能伤害它，也包括人类，这样它就可以避免灾祸了。

“挺直的树最先被砍倒；甘甜的井水最早干涸。先生，你意图展示你的知识好让那无知者感到震惊，并通过你自身的进步来表明他人的粗俗。你闪耀着，积极地发着光，就好像你将日月都带在身边似的。而所有这一切都是你无法避免灾祸的原因。

“我听大成之人说过：‘傲慢之人没做什么值得夸耀的事，而那些有所成就的人却愿意看着他们取得的成就日渐消亡，名声很快消逝。’没几个人能够忘记成功和声望，重新再做回普通人！道运行一切，但是完美之人并不立于它的光芒之下；他的道德运行一切，可是他并不追逐名望。他虚空而质朴，看似疯狂。他隐匿姓名，放弃权力，对成就和名望毫无兴趣。因此，他不批评他人，他人也不批评他。完美之人从不为人所知，因此，先生你又为何想要如此呢？”

孔子说：“太好了！”然后就向他的朋友们告别，离开他的弟子退隐到大沼泽之中，穿着兽皮和粗糙的衣服，并以橡子和栗子为食。他走入兽群之中，动物们不会害怕；走入鸟群之中，鸟儿也不会飞走。如果鸟儿和动物都不会惊慌，那么人也不必惊慌了！

孔子问桑雽：“在鲁国我曾两次被驱逐出境，在宋国差点被一棵推倒的树砸到，在卫国有关我的所有记录都被消除，在商地我贫困潦倒，在陈国和蔡国之间又受到围困。我忍受了那么多的困扰。我的朋友和我认识的人都离我而去，我的弟子也开始离弃我。可是，为什么会这样呢？”

桑雩说：“难道你没听说过那个逃亡的殷国人的故事吗？有个叫林回的，将价值千金的璧玉扔在一旁，把儿子捆在背上匆忙逃走了。有人问：‘是因为这个孩子更值钱吗？一个孩子肯定值不了那么多。是因为携带璧玉需要付出更多气力吗？显然一个孩子要更麻烦些。那么你为什么丢弃价值千金的璧玉，而背起你年幼的孩子匆忙逃跑呢？’林回对他们说：‘将我与翡翠徽章连在一起的是贪婪，而儿子与我之间的联系却是天性所牵连的。’

“如果人们之间的纽带是建立于利益之上，那么当灾祸降临时，人们很容易分离。如果人们之间的关系是天性所牵连的，那么当有麻烦时，他们会团结在一起。团结还是分离，这可是完全不同的两种结果。与君子交往可能像水一样平淡无味，而与内心卑鄙的小人交往却像酒一样甜腻。君子的平淡能发展出感情，而小人的甜蜜却会让人厌恶。毫无理由聚在一起的人，也必然会毫无理由地分离。”

……

庄子穿着一件破旧的、打着补丁的粗布长袍，用绳子拢住鞋子，就这样前去拜见魏王。魏王说："先生，你怎么成这样子了？"

庄子答道："我这是贫穷，而不是颓废。如果学者拥有道德却不能运用，那才是颓废呢。如果他的衣服破旧，鞋子靠绳子拢着，那是贫穷，而不是颓废。这是叫作生不逢时啊。陛下，你难道没有见过爬树的猴子吗？当它们处在悬铃木、栎树和樟脑树之中时，它们可以自如地攀着树枝，即便是后羿和蓬蒙这样的神射手都不能瞄准它们。可是，当它们来到带刺的桑树、多刺的枣树或其他有刺的灌木丛中，它们小心谨慎地移动，左顾右盼，害怕地发抖。这并不是因为它们的筋骨变得僵硬或者不能弯曲了，而是因为猴子们没有处在它们所适应的环境之中，因此不能施展它们的本领。既然我发现自己生活的时代居上者是愚昧的君主和反叛的臣子，我又如何能不颓废呢？"

……

庄子正在雕陵的一处公园里闲逛，突然看到一只奇怪的寒鸦从南方飞来。它的翼展超过两米，眼睛大大的，直径足有两厘米半。它经过时紧贴着庄子的额头掠过，然后飞到栗子林中停了下来。庄子说:“这是什么鸟啊，翅膀如此大却飞不了多远，眼睛如此大可却看不清楚?”他拉起长袍，拿着十字弓快步朝它走去，以便能够近距离向它射击。这时他看到一只蝉，正沉浸在一处极好的树荫里，忘记了自身的安全。突然，一只螳螂伸出了触角，准备袭击蝉，它如此投入到捕食之中竟也忘记了自身的安全。这只奇怪的寒鸦向下飞过，把它们两个都抓住了，不过同样地，在为战利品而兴奋的同时，它也忘记了自身的安全。庄子同情地叹了口气说:“唉!这就是一物给另一物带来灾祸的同时，也给自己带来灾祸啊。”他将十字弓扔在一旁刚要离开，守林人便来追赶他，骂他是个偷猎者。

庄子回到家后沮丧了三个月。蔺且当时正和他在一起，就问:“老师，你为何如此沮丧?”

庄子说:“我太在意我的躯体而忘记自我了。就好比看着浑浊的水，却想着它真清澈啊。而且，我以前听我老师说过:‘与当地人交往，就要像当地人一样行事。’因此我就出门到雕陵的一处公园散步，可我却忘记了自我。一只奇怪的寒鸦掠过我的额头，然后在栗树林中停下了，在那里它也忘记了自己真正的存在。守林人以为我应当受到责备。我因此感到很沮丧。”

……

孔子去见老子，发现他正在洗头。他把头发披散在肩膀上等着晾干。他一动不动站在那里，就像世界上没有其他人存在一样。孔子静静地站着，然后过了一会儿，静静地走到他的面前，说："刚才是我眼花了吗，真的是你？刚才，先生你的身体就像是古老的朽木一样静止不动。你看上去心无所想，就好像是处在另外一个世界，完全孤立地站着。"

老子说："我让我的心遨游于万物的元始境界了。"

孔子说："这是什么意思呢？"

"我心里想要把它推理出来，但困困顿顿地不能理解；我的嘴一直张着，却不能够说出。不过，我还是要尽量给你描述一下。至阴严厉而冷酷，至阳美好而热烈。严厉和冷酷源自地，美好和热烈源自天。二者混合相通，彼此联合而产生了万物。或许有一个人控制并确保这一切，但是即便如此，也没人见到过任何形体或形状。衰退和成长，圆满和虚空，时而黑暗时而明亮，太阳的变化和月亮的圆缺，这些都日复一日地出现，可是没人见过是什么引发这一切的。生命有它的起源，死亡也有它的归宿。开始和结束无情地循环交替，没有人知道这一切的终点。如果不是这样，谁又是那起点和指引呢?”

孔子说:“我想问一下，这样的遨游是怎样的呢?”

老子说:“能够进行这样的遨游，是极致的美好，也是完美的幸福；能够得到极致的美好，并漫游在完美的幸福之中，就是完美之人了。”

孔子说:“我想听听怎么才能够做到呢?”

老子答道:“食草的动物不会因为草场的变更而死亡。生于水中的动物也不会因为水的更换而死亡。它们能够忍受细小的变化，但是不能忍受最根本的东西发生变化。快乐、愤怒、悲伤和高兴不会进入它们的心中。普天之下，一切生灵汇聚成一个整体。了解这个整体就能与其合而为一，而且你的四肢和百节都将只是尘灰。因为死亡与出生，结束与开始就像昼夜更替。这样你心满意足的状态就不会被得失、祸福之类的小事所扰乱了！那些轻视权力地位的人，弃之如泥土一般，因为他们知道他们真正的自我比任何头衔都重要。你对自我的珍视存于内心，不受外在发生之事的影响。万物的不断变化就像是没有结束的开始。这其中有什么能够扰乱你的心呢?那些理解道的人摆脱了所有这一切。”

孔子说:“先生，你的德行如同天地一般，可即便是你也不得不求助这些完美之辞来引导你。古代的伟人之中，又有谁能实现它呢？”

老子答道：“我自然是没有。流水什么都不做，但它遵循了它的天性。完美之人在德行方面也是如此。他不去培养它，可是所有人都受到它的存在影响。他就像天的自然高，地的自然厚，日月的自然亮。哪有必要去培养呢！”

……

庄子去拜见鲁哀公。哀公说：“鲁国有很多儒者，但是他们之中很少有人研究你的著作，先生。”

庄子说：“鲁国儒者很少。”

哀公说：“鲁国上下都是穿着儒者衣服的人。你怎么能说很少呢？”

庄子说：“我听说，那些儒者中头戴圆帽的，懂得天时；脚踏方鞋的，懂得地势；腰带上挂着半圆形玉玦的，对眼前发生的一切应对自如。不过，能理解道的君子，未必穿那种服装；当然，他也可能穿上那种服装，却根本不懂得道！如果陛下对此仍有疑问，不妨下一道命令，说：‘任何不能行道而着儒服者，杀！’”

哀公就照此行了，五天后整个鲁国没有一个儒者敢穿儒服了！只有一个老者穿着儒服站在哀公门外。哀公即刻召见他，与他讨论国家事务。虽然他们讨论了上千事宜，中间有成千上万次离题，可是老者应答如流。

庄子说：“因此，整个鲁国只有这一个人是儒者。你怎么能说有很多呢？”

➛ 第十二部分 勿要问道

知向北漫游，直至玄水的岸边，登上隐弅山丘后，恰好碰到无为谓。知对无为谓说："我想问你点事。要想懂得道需要怎样的思考和反应呢？我们应当在何处、以何种方式保证能够安心于道呢？要获得道我们需要通过何种途径、采取何种计划呢？"他问了无为谓三个问题，可是对方没有回答。他并非知而不答，而是根本不知道如何回答。

知没有得到任何答案，所以他继续向白水的南方前行，爬上了狐阕山顶，在那里看到了狂屈。知向狂屈提出了同样的问题。狂屈说："啊哈！我知道，让我来告诉你。"可他说到一半时，却忘了要说什么！

知又没有得到任何答案，所以他就返回到王宫去拜见黄帝并向他请教。黄帝说：“试着不要思考、不要反应，这样你就会懂得道了。只有当你无处可寻、无路可走的时候，你才能在道中得到心安。没有途径、没有计划，这样你才能获得道。”

知对黄帝说：“你我都懂得了这个道理，可是其他人都不懂，那么我们到底谁是对的呢？”

黄帝说：“无为谓才是真正对的。狂屈看似是对的。你我终究还是差得太远啊。

懂得道的人，什么都不说。
说道的人，其实并不懂得。
所以圣人遵循无言的教诲。
道不能催生，德不能求取。
不过，仁却可以为人所施，
义能够争取，礼可以遵守。
可以说：道失去了德出现；
德如果也失去了，仁出现；
仁如果再失去了，义出现；
义如果还是丢失，才有礼。
礼只是道褶边上一个装饰，

即将发生混乱的一个标志。

“可以说：‘遵循道的人每天做的越来越少。随着他做的越来越少，他最终会实现无为而为。实现无为而为后，就没有什么是没有完成的了。’既然我们已然积极作为，如果我们想要返回原初的状态，会发现这是多么的难啊！除了伟人，谁又能改变这种情形呢？

生向着死前行，死是生的先驱。

谁又能知道它们运行的方式呢？

人的生命最初以元气作为开端；

气聚时方有生，气散时便有死。”

……

孔子对老子说：“今天，您好像很轻松，因此我想请教什么是完美的道？”

老子说：“你应当通过斋戒和苦行来清洁和净化你的心，洁净你的灵魂，抑制你的知识。道是深奥难言的啊！我愿意尽量说说对它的一些理解：

“那光明闪耀的生于幽深黑暗之中；

井然有序之物源于那没有定型的；
那属精神的是从道之中生出来的；
身体的根源来自于精液中的精华；
万物皆通过出生而赋予彼此形体。
拥有九窍的动物皆腹中怀胎而生，
而那拥有八窍的动物都是卵生的。
道来时没有踪迹，去时也无迹象，
既不进门也不居留，通达于四方。
那些与道同行的人将会身体强壮，
他们的思想真诚的同时不失深奥，
耳聪目明，即使用心也不知疲倦，
对万物作出回应时没有丝毫偏见。
正因如此，天是高的而地是广的，
日月运行，万物繁荣。这便是道！

“即便最广博的知识也不能理解它。
理性不代表智慧，故圣人皆弃之。
有一种东西是完整的，无须增加；
而且无论你拿走什么都不会减少。
这就是圣人始终保持不变的东西。
它渊深得如同大海，

它峻峭得如同高山，

结束也是开始，承载万物而不缺。

君子之道只是外观，这才是真道！”

……

泰清请教无穷说：“先生，你懂得道吗？”

无穷说：“我不懂。”

接着他又问无为，无为说：“我懂得道。”

泰清就问：“先生，你所理解的道，有什么特别的提示吗？”

“有。”

“是什么？”

无为说：“就我所知，道可以提高也可以降低，可以聚结也可以分散。要懂得道，这些就是我所能给你的提示。”

带着不同的答案，泰清去找无始，说：“无穷说他不懂得，而无为说他懂得，我想知道这二人之中谁是对的，谁又是错的。”

无始说：“说不懂得是深奥的，而说懂得是浅薄的。说不懂得是向内寻求，说懂得是向外求索。”

随后泰清仰望天空，叹道：“说不懂得是懂得，说懂得是不懂得啊！谁能懂得说不懂得才是懂得啊？”

无始说：

“道不能被听见，能听见的就不是道。

道不能被看见，能看见的就不是道。

道不能被言说，能言说的就不是道。

你知道谁赋形给无形吗？道没有名。”

无始继续说：

“有人向你问道你就回答，说明你不懂得道。

“问道之人对道什么都不懂。

“勿要问道，因为问道是不合适的，这个问题也无法得到回答，因为这就像是问那些处于悲惨窘境的人。回答不能回答的问题，表明内心尚未理解。当一个内心尚未理解的人等着那些处于悲惨窘境的人回答的时候，就表明他们对外没有把握他们所处的世界，对内没有理解那伟大的开始。所以他们既不能跨越昆仑山，也不能遨游于大虚空。”

……

南荣趎准备好吃的喝的之后就出发了，过了七天七夜，他来到了老子家中。

老子说：“你是从庚桑楚那里来的吗？”

南荣趎答道："是的。"

"那么，先生，你怎么带着这么一大群人跟着你呢？"

南荣趎转过身去，很吃惊地看着身后。

老子说："先生，你难道不明白我的意思吗？"

南荣趎羞愧地低下头，然后抬起头来，叹息说："现在我记不得我所要回答的话了，因此也就忘了我要问什么了。"

老子说："你在说什么？"

南荣趎说："我对事物有任何了解吗？人们说我愚蠢。我懂吗？这只能让我烦恼。如果我不是仁慈的，那么我会让他人痛苦。如果我是仁慈的，那么我自己又会痛苦。如果我不是公义的，那么我会伤害他人。如果我是公义的，那么我自己又会烦恼。我怎样才能摆脱这一切呢？这三个问题困扰着我，所以我听从了庚桑楚的意见，来向您请教这些问题。"

老子答道："刚才，我深入观察了你的眼睛，我能看出你是怎样的一个人。你刚才所说的话证实了我是对的。你不知所措、困惑迷乱，就好像是失去了父母，而要用一根竿子伸到海底去寻找他们。你迷失了，感到害怕。你想重新发现你的自我和内在天性，可是你不知道要怎样去做。你的处境真是可怜啊！”

南荣趎请求回到他的房间。他努力求取好的东西，让自己摆脱坏的东西。愁苦了十天之后，他出来了，再次去见老子。

老子说：“我能够看出你一直在认真仔细地洗涤心灵、净化自我，不过你仍然是不纯洁的，尽管外在很干净。在你的内心有东西在搅动，心里仍然有一些腐朽的东西。外在的影响会压在你的身上，你会发现不能控制它们。向它们关闭你内在自我的门户是比较明智的。同样地，如果是内在的影响扰乱你，而且你发现不可能控制它们，那么也要关闭你内在自我的门户，好把它们关在里面。要同时抵抗外在的和内在的影响，就算是这对于一个懂得道与德的人来说，都已经超出了他的控制，何况是一个在道的方向刚刚起步的人呢！”

南荣趎说：“一个村民生病了，邻居询问他的病情。他能描述他的病，虽然这种病他以前从来没得过。当我向你请教大道时，就像是喝了让我病情加重的药。我就想了解保护生命的一般方法就可以了。”

“保护生命的基本方法——你能抱一吗？”老子说。“你能守终吗？你能不用龟壳或蓍草占卜而知祸福吗？你知道何时收手，何时终止吗？你能忘记他人而专心于内在自我吗？你能躲避诱惑吗？你能真诚待人吗？你能成为小婴儿吗？婴儿整日哭泣，喉咙却不会嘶哑：真是完美的和谐。婴儿整日紧握拳头，两手却从不痉挛，因为他持守天道。婴儿整日盯着看，外面的世界却不能影响他。他行动却不知去向何方，他坐着却不知坐在何处，他安静平和，随遇而安。这就是保护生命之法。”

南荣趎接着问：“难道这就是成为完美之人所要做的一切吗？”

“当然不是。这是所谓的冰消冻解。你能做到吗？完美之人就如同跟他人是一体的，共同从大地寻找食物，向上天寻找快乐。但是，他从不考虑从他人处获利或有所得，不把自己拖入图谋策划之中，也不卷入不切实际的事业。他去时，机警灵活、永不停歇；他来时，天真率直、毫无矫饰。这才可以被称为保护生命的方法。”

“那么，这个就是他的完美状态吗？”

老子答道："还不算。刚才我问你：'你能成为幼小的婴儿吗？'婴儿行动时却不知道为了什么，行动时却不知道要去哪里。他的身体就像日渐腐朽的树枝，他的心就像已然冷却的灰烬。就这样，祸不会影响他，福也不会降临。既无祸福，他就不会被那降临到大多数人身上的不幸所影响了。"

……

可以说：

"完美的行为不分别众人；
完美的公义不计较外物；
完美的知识不需要谋划；
完美的仁慈不表露情感；
完美的信仰不誓言真诚。"

压制意志的冲动，
解开心中的误解。
除去德行的症结，
开启大道的运行。

荣誉和财富，

显赫和权威，

名声和利禄，

此六者为意志幻觉所形成。

外表和风格，

美好和理性，

盛气和回忆，

此六者都是心的缺陷。

厌恶和喜欢，

喜悦和愤怒，

悲伤和幸福，

此六者是德行的症结。

拒绝和接受，

给予和获取，

知识和能力，

此六者是大道运行的阻碍。

当这四组各六项不再折磨

心绪时，你就处于中心了。

处于中心，你就能够平静。

能够平静，就能得到启蒙。

得到启蒙，你就能够虚空。

虚空之后，便是无为而为。

无为而为，便能成就一切。

道是献身德行的核心部分。

生命呢，则是德行的光亮。

内在的天性是生命的动力。

……

庄子家境贫寒，因此他前去向监河侯借点米。监河侯说："可以啊。我就要收到百姓缴纳的赋税了，到时候给你三百金，够吗？"

庄子气得脸都紫了，说："昨天在我来的路上，我听到有个声音在叫我。我环顾一周，在马车留的车辙之中看到一条大鱼。我说：'鱼啊！你在这里做什么？'它说：'我是东海掌管波浪的大臣。阁下，不知您是否可以给我一些水？'我说：'好的。我要到南方去游历吴国和越国，随后我会改变西河水流的方向，那样水就会流到你这了。这样可以吗？'大鱼气得脸都紫了，说：'我离开了我所必需的东西，没有地方可去了。只要给我一点水我就能活下去。可是，你这样来答复我，那你以后就只有到干鱼摊上来找我了！”

……

伟大的合一懂得道，

伟大的神秘显露道，

伟大的阴气观察道，

伟大的眼睛看见道，

伟大的平等是开始，

伟大的技能产生道，

伟大的信任触碰道，

伟大的法官持守道。

天道存在于万物之中：追随光明，躲入阴暗，开始存在于万物之中。这样做，你的理解就好像是不理解，你的智慧就好像是不明智。正因为不明智，随后你才能变得明智。当你问问题时，不要设定界限，即便它们不可能是没有界限的。尽管事物好像有时上升，有时下落，有时溜走，但无论如何有一个自古至今一成不变的事实。它不会改变，因为什么都不能影响它。难道我们不能说它就是唯一伟大的和谐吗？那么我们为什么不应当探究它，我们又为什么如此困惑呢？如果我们用不让人困惑的东西来理解那确实让人困惑的东西，那么我们就能够回归到那不让人困惑的东西上来了。这将是人之大不惑。

……

四季各有原初的生命，
而上天没有任何偏私，
故四季循环得以实现。
政府五部门职能不同，
而君主没有任何偏私，
因此国家得以治理好。
战争与和平二者之中，
伟人不偏好任何一个，
因而他道德才能完美。
万物都是各不相同的，
然而道不会区别对待，
因此道是没有名称的。
没有名称，无为而为，
尽管如此，万物并生。
四季循环，世代更替。

祸福会降临到你身上，

有的时候它不受欢迎，

也有时候你乐于接受。

习惯接受自己的看法，

然后与别人进行争辩，

有时也要谴责正直的，

然后谴责那些使坏的。

你应当像那大沼泽地，

能够容下上百种树木。

或者应当像一座大山，

草木共存能安处一地。

这便是所谓丘里之言。

第十三部分　何为本真?

从前，赵文王喜爱刀剑。各路行家里手都来到他门前，足有三千多人，都是剑术方面的专业人士。他们做他的宾客。他们没日没夜地在他面前比武，每年死伤的人数超过一百。可是国王从未停止对比武观赏的喜爱。这样持续了三年，随后国家开始分裂，其他诸侯也开始谋划将其推翻。

太子悝为此心烦意乱，便向他左右的人说明此情形。

他说:“如果有人能够劝说国王远离这些剑客，我就给他一千黄金。”

左右的人说:“庄子能做到。”

太子派了一名使者带着一千黄金去见庄子。庄子拒绝接受黄金，但还是跟着使者一同返回。他进来拜见太子，说:“太子啊，你有什么事情指教我，要送给我一千黄金?”

太子说:“我听说先生是有名的智者。这一千黄金的赏赐是犒劳你的随从的。可是，你拒绝接受，我又怎么敢再多说什么呢?”

庄子说:“我听说太子想要用我来帮助国王戒除他长久以来的爱好。如果我在试图说服国王时让他感到心烦，没能完成你交托的事，那么我可能会被处死。到时候黄金对我又有何用呢?或者，如果我能够说服国王，完成了你的心愿，整个赵国又有什么是我不能求取的呢?”

太子说:“没错。可是国王只召见剑客。”

庄子说:“没关系。我对剑术也很在行。”

太子说:“太好了。不过国王召见的剑客都是头发蓬乱，胡子拉碴，戴着用简单粗糙的带子系着的宽大帽子，而且穿着后面被剪短的袍子。他们怒目环视，只谈论他们的剑术。国王就喜欢这样的。现在，如果你穿着儒服觐见，那么你第一步就完全走错了。”

庄子说:“请允许我去准备剑客的全套装备。”

他三天之内就全都准备好了，然后回去见太子。

太子带着他去觐见国王，国王已拔出剑，坐在那等着他了。庄子缓慢地穿过大门走进大堂。当他见到国王时，并不行礼。

国王问道：“你对我有何指教，竟然让太子给你带路？”

“我听说大王喜欢刀剑，所以我把我的剑带来让大王看看。”

“你的剑在战斗中有何用？”

“我的剑十步之内可杀一人，而且行走千里它的威力也不会减弱。”

国王很高兴，说：“那天下就没有人能比得过你了。”

庄子答道：“一个好的剑客开始先佯攻，然后佯败引诱对方，跟着就是一击，后于对方发出，先于对方到达。我想向您展示一下我的技巧。”

国王说：“先生，到你的房中先休息片刻，听候我的命令。我会安排比赛然后再叫你。”

国王接下来一连七天测试他的剑客。死亡或严重受伤的超过六十人，只剩下五六个人被选出来，受命来到大堂。然后国王叫来庄子，说：“现在，就在今天，我让你跟这些人比试，展示一下你的剑术。”

庄子说：“我一直等待这样一个机会。”

国王问道："先生，你想选什么样的剑，长的还是短的？"

庄子说："什么样的都行，不过我有三把剑，只要国王同意，我用哪一把都可以。不过，首先我想对它们做个介绍，然后再用。"

国王说："我愿意听你说说这三把剑。"

庄子说："我有天子之剑、诸侯之剑和百姓之剑。"

"天子之剑是什么样的？"

"天子之剑以燕谿为剑尖，以长城、齐国和泰山为剑刃。晋国和卫国是剑背，周朝和宋国是剑柄，而韩国和魏国是剑鞘。它的四面由蛮夷包围，被四季裹藏。渤海环绕着它，永恒的常山缠束着它。五行制衡着它，刑罚和道德缠裹着它。它遵循着阴阳而出现，在春夏之中保持警觉，并于秋冬之中采取行动。向前刺去，它前面就不剩什么了；向上举起，它上面就不剩什么了；向下按低，它下面就不剩什么了；左右挥动，它四周就不剩什么了。若举得高高的，它能将天劈开；若按得低低的，它能将地脉切断。用这把剑只需一次，便可以让天下诸侯归顺、万民臣服。这就是天子之剑。"

文王大为惊讶，好像已经忘记了别的一切。

他问："诸侯之剑是什么样的？"

庄子说："诸侯之剑的剑尖是睿智勇敢之人；剑刃是正直诚实之人；剑背是高尚善良之人；剑柄是诚信明智之人；剑鞘是勇敢杰出之人。这把剑若向前刺去，没有什么能够抵抗；若挥向高处，没有什么能在它之上；若挥向低处，没有什么能在它之下；若四处旋转，没有什么能够靠近它。在上，它效法天道，能与三大光明一同前行。在下，它效法方静的地道，能与四季的运行同时进行。在中原之地它能恢复百姓的和谐，与四方保持平衡。这把剑一使用，就好似响起雷声隆隆。四方疆界之内，人人守法，并且所有人都遵守诸侯的命令。这就是诸侯之剑。"

"百姓之剑又是什么样的？"

"百姓之剑是由那些头发蓬乱、胡子拉碴，戴着用简单粗糙的带子系着的宽大帽子，而且穿着后面被剪短的袍子的人所使用的。他们怒目环视，只谈论他们的剑术，同时会在国王面前比武。举起剑来，能够砍断脖子；向下挥动，能划开肝肺。使用百姓之剑的人跟随时可能丧命的斗鸡没什么两样。现在呢，噢，大王，您拥有天子的地位，却因为喜爱百姓之剑，让自己变得毫无价值。这就是我斗胆之言。"

国王将庄子带到他的大殿，膳食官奉上食物，国王围着房间大踏步绕了三圈。

“大王，坐下来平静一下，有关剑要说的我都已经说了。”

这之后，文王三个月没有外出，他的所有剑客都在自己房中自杀而死。

……

孔子在缁帷之林中漫步，在杏坛边上坐了下来。他的弟子开始读书，孔子在弹琴唱歌。他的歌唱了还不到一半时，一位渔夫下船并朝他的方向走来。渔夫的胡须眉毛都是白的，头发很乱，袖子耷拉在身体两侧。他走上斜坡，来到干燥一点的地面上就停下了，左手放在膝盖上，右手托着下巴，一直聆听直到曲终。随后，他就招呼子贡和子路，他们俩就去见他。

他指着孔子说：“那是谁啊？”

子路说：“他是鲁国来的君子。”

渔夫随后问起孔子的家庭。子路说：“孔氏一家。”

“这位孔氏后人靠什么为生呢？”

子路正在想说什么，子贡回答说：“这位孔氏后人，在内在天性上，他持守忠诚；在行动上，他表现仁义；他修饰礼乐，协调人际关系。在上，尊重君上；在下，努力教化百姓，想要以此造福整个世界。这就是这位孔氏后人所做的事情。”

渔夫进而又问：“他拥有要他治理的土地吗？”

子贡说：“没有。”

“他是哪个国王的辅佐大臣吗？”

“不是。”

陌生人笑着转身离开，说：“那么，仁倒是仁，可是他免不了要伤害自身了。内心疲惫、身体匮乏会伤及他真正的天性。可惜啊，我想他已离道太远了。”

子贡回去将此事告诉孔子。孔子将琴放到一旁，站起来说：“或许他是个圣人。”随后他便走下斜坡去找渔夫了。他来到水边时，渔夫正要用篙撑船离开。看到孔子，他又把船撑回来见他。孔子赶紧向后退了几步，两次行礼后再走向前。

陌生人说：“先生，你想干什么？”

孔子说：“先生，刚才您说了一些话，但是没有说完。我没有才学，理解不了。所以我想找您，哪怕只是听听您说话的声音，希望能够对我有所启发。”

“噢，你真是好学啊，先生！”

孔子两次行礼后站起来，说：“从很小的时候，我就开始追求学问，现在我都六十九岁了，可是我从未听到过完美的讲道，所以除了时刻保持虚心之外我又能做什么呢？”

陌生人说：“物以类聚，每个音符也只是自我回应。这是天所设立的界限。我不会讨论与我相关的事，而只关注你需要了解的东西。先生，你埋头所做的都是人事。天子、诸侯、大臣和百姓，如果这四种人都做正确的事，就能实现美好团结了。如果这四种人分崩离析，那么就会造成可怕的大混乱。如果臣子尽自己的本分，百姓也关心自己的事情，那么人们就不会彼此侵犯。

“田地荒芜，屋顶漏雨，衣食不足，赋税不公正，妻妾不睦，长幼失序，这些都是百姓的烦恼。

“工作能力不足，工作感到无聊，行为不轨，手下粗心懒散，工作没业绩，职位不稳固，这些都是大臣的烦恼。

“没有忠心的臣子，国家陷于内战，工匠技艺不精，贡品毫无价值，春秋集会布置简陋，天子忧虑不安，这些都是诸侯的烦恼。

“阴阳失调，寒暑波动毁坏万物，诸侯的压迫和叛乱，引发暴动，荼毒百姓，礼仪施行不善，国库亏空，社会关系混乱，百姓淫乱，这些都是天子和他的子民的烦恼。

“现在，先生，在这个序列较高的一端，你不是统治者，也不是诸侯，甚至都不是宫廷中的司官，而在另一端，你也没有大臣的职位以及大臣的所有职责。尽管如此，你却决定要修饰礼乐，协调人际关系，并借此教化普通百姓。难道你这不是做得太过了吗？

“另外，有八种毛病是人很容易犯的，还有四种罪恶会影响他们的处事，这些都不能被忽视：

‘不是自己的事情却要参与，是专横。

‘没人理你的时候偏要让人注意，是冒昧。

‘用专门讨好的话来拍别人马屁，是谄媚。

‘对于别人说的话不辨是非，是阿谀。

‘好谈论别人的过失，是谗毁。

‘挑拨朋友和家庭关系，是恶毒。

‘为了伤害别人而虚假称赞，是邪恶。

‘不辨是非，而且为了摸清他人底细两面三刀，是奸诈。

‘这八种毛病不仅给别人造成混乱，而且对实施者自身也会造成伤害。君子不与有这八种毛病的人交朋友，明君也不会任命这样的人做臣子。

‘至于我之前所说的四种罪恶，它们是：

‘野心——喜欢承担大的事业，改变老的传统，希望能够以此提高自己的名声和地位。

‘贪婪——自以为无所不知，试图让所有事情都按照自己的方式来做，把别人做的事情说成是自己做的。

‘顽固——看到自己的错误后不肯改正，坚持按照错误的方式行事。

‘偏狭——别人赞同你时，你笑脸相迎；别人不赞同你了，就绝交并鄙视他们。’

‘这就是那四种罪恶。如果你能消除八种毛病，避免四种罪恶，那么你就达到可以受教的程度了。”

孔子神情哀伤，叹了口气，两次行礼后站起来说：“鲁国两次将我驱逐出境，我从卫国逃离，在宋国他们砍倒了一棵树差点砸到我，而且在陈国、蔡国之间又遭受围困。我不知道我做了什么让人们这样误解我。为什么我要遭受这四种灾祸呢？”

陌生人面露忧容，接着他的脸色就变了，说：“先生，要让你弄明白太难了！曾经有一个人，他害怕自己的影子和脚印，所以他想要逃跑来躲避它们。可是，他每次抬脚放下都会产生更多的脚印，而且不管他跑得有多快，他的影子始终跟着他。他认为自己跑得太慢，就加快速度跑，这样一直不停，直到最后筋疲力尽、倒地而亡。他不知道，只要找个树荫坐下，他就能摆脱他的影子；也不知道，只要静止不动，他就会停止产生脚印。他真是一个大傻瓜啊！

“先生，你想要区分仁义的范围，探求异同的边界，研究静止和运动之间的变化，就给予和接受发表意见，要求人们喜欢什么不喜欢什么，统一喜悦和愤怒的限度，但是你几乎一直没有摆脱过灾祸。要是以前你能严格修身，小心谨慎保全本真，并且愿意让其他的人和物也回归他们本来的样子，那么你本可以避免这些麻烦的。可是，看你现在，自己不能修身却决定要教化别人。难道你不是过于执著于外在事物了吗？”

孔子很沮丧，说：“我能向你请教何为本真吗？”

陌生人答道：“真正的本真是简单纯粹的极致状态。没有纯粹、没有真诚就意味着你不能感动别人。因此，如果你假装哀伤哭泣，那么不论你如何投入，也不是真正的悲伤。如果你强使自己表现愤怒，即便你听上去非常凶猛，也不会让人畏惧。如果你强使自己表现热情，不管你怎样笑，你也不能营造和谐。真正的悲伤可以无声但真是哀痛；真正的愤怒，即便不显露出来，也让人畏惧；真正的感情甚至没有微笑都能营造和谐。如果一个人内心拥有本真，会影响他的外在精神，因此本真非常重要。”

➛ 第十四部分　后记

庄子说:“理解道容易，不说它很难。理解却不说，是为了追求属天的。理解并说出，是受制于人的因素。以前人们关注的是属天的，而不是属人的。”

……

宋国有一个人，名叫曹商，宋王派他作为大使出使秦国。在他离开宋国时，只给了他几辆马车。可是，秦王与他相处得很愉快，就给了他一百多辆。返回宋国的路上，他遇到庄子，说:“生活于贫穷村落的简陋街巷中，靠制作草鞋为生，还得忍饥挨饿，弄得颈项干瘪、面容憔悴，这样的日子我无法忍受！但是，得到拥有万辆马车的君王的信任，就可以被赏赐其中的一百辆，这样的日子我喜欢，而且我也所相信的，可是却从来不偏执，也不会只是从一个角度看待事物。在他眼里，整个世界陷入愚蠢之中，因此已无法理解任何合乎情理之事。

参考资料

本书内容摘选自企鹅经典系列《庄子》一书。第一部分选自第 2 章，第二部分选自第 3、4 和 5 章；第三部分选自第 6 章；第四部分选自第 7 和 8 章；第五部分选自第 1、5、17、18、24 和 26 章；第六部分选自第 9 章；第七部分选自第 10 和 11 章；第八部分选自第 11、12 和 13 章；第九部分选自第 14 和 16 章；第十部分选自第 17 和 18 章；第十一部分选自第 19、20 和 21 章；第十二部分选自 22、23、24 和 26 章；第十三部分选自第 30 和 31 章；第十四部分选自第 32 和 33 章。